あたたかくて濡れた感触がうなじに触れると、
弱い電流のような痺れが手足まで伝わっていく。
JN267669

はじめて男子の非常識な恋愛

葵居ゆゆ

illustration:
宝井さき

prism bunko

CONTENTS

はじめて男子の非常識な恋愛

ばさばさっ、と手から重たい雑誌が喫茶店の床に落ちて、舞島唯智《まいじまいち》は他人事のように、
ああほんとに手から雑誌が落ちるとかあるんですね、と思った。何人か前の彼女と一緒に観た映画で、ショックを受けた主人公が手にしていた書類を落とすシーンを、あんなことあるわけないですと思いながら見ていたけど、本当に落ちる。

（……現実逃避してる場合じゃないですね）

唯智は落ちた雑誌を拾い上げ、笑顔を作って向かいに座った自分の彼女を見た。

「すみません絵里子《えりこ》さん。よく聞こえませんでした」

「聞こえてたじゃない」

綺麗な黒髪を綺麗にまとめて、綺麗なピアスをつけた彼女は、綺麗に肩をすぼめた。

「だからね、ごめん、って。やっぱり結婚は無理」

一言一句違わずさっきの台詞を繰り返されて、唯智は雑誌の表紙を見た。「プロポーズされたら♪」と文字が躍る、白いドレス姿の女性が表紙の、分厚い結婚情報誌だ。今日の昼休みに蕎麦《そば》を五分で食べて、できた時間で本屋まで買いにいって、紅茶を飲みながら真剣に読んだ。頭の中にはベタに結婚行進曲が流れていた。

「無理って、どうしたんですか。マリッジブルーという症状ですか？　いいですよ焦らなくても。そういうのがあるのは常識的なことですから」

「そんなんじゃないわ。よく考えた結果なだけ」

笑った唯智に、絵里子は笑わなかった。

「唯智なら大丈夫かもって思ってたけど、やっぱり無理だなって気がついたの。このまえ、唯智がうちに来たでしょ。あれで、ああもうだめだわって」

「それは……僕、なにかしました？　したなら謝ります。これから一緒に暮らすのですから、常識的に考えてお互い歩み寄りは大事ですし、僕が変えられることは努力しますので」

「そうじゃないの」

聞き分けのない子供でも見るような目をして、絵里子はため息をついた。

「唯智の努力でどうにかなることじゃないの。だって唯智は男なんだもの」

「……はい？」

言われた意味がわからなかった。唯智は半端な笑顔のまま首をかしげた。

「ごめんなさい、よくわからないんですけど」

「あのね。私、女が好きなのよ」

綺麗に揺れるピアスにちょっと触れて、絵里子は淡々と言った。

「レズビアン、って言ったらわかりやすい？　唯智の前は、女の子とつきあってた。唯智とつきあうときに別れて、唯智とうまくやっていけたらと思ってたけど、どうしても彼女のことが忘れられなかったの」

「待ってください」

聞いているうちに、唯智はだんだん焦ってきた。絵里子が冗談を言っているようには、まったく見えなかったからだ。でも、冗談のはずだ。でないと困る。

「今そういう冗談で笑える気分じゃないです。嘘をつかなくとも、僕にいやなところがあるならはっきりそう言ってくれませんか。正式に婚約して、お互い両親にも挨拶して、僕なんか職場にだって報告したんですよ。絵里子さんだってそうでしょう？　同僚とかに言ったんじゃないのですか？」

「言ったわ。言ったけど、だからってしょうがないでしょ」

絵里子は再びため息をついて、立ち上がった。唯智は慌てて引きとめようと手を伸ばして、「違うわ」と振り払われる。

「帰るんじゃなくて、連れてくるから。きっと信用してもらえないと思って頼んであるの」

はきはきとした淀みのない声で言った絵里子は、店の端のほうの席に歩いていき、戻ってくるときは隅に座っていた女性と一緒だった。

「紹介するわね。私の元カノの美優《みゆ》。元カノで、これからまた彼女になるわ」

「初めまして」

緊張気味のその美優さんとやらに微笑まれ、唯智は返事に困って黙り込んだ。美優は見たところ、ごく落ち着いた女性に見えた。理知的な黒縁眼鏡が似合っていて、肩くらいまでのボブヘアはつやつやしている。普通の女性だった。

「レ、レズビアンって、片方が男装とかしているんじゃないですか？」

動揺した挙句言わなくてもいいことを口にした唯智に、絵里子はまたため息をついた。

「そういうカップルもいるわ。私たちは違うけど」

「友達にしか見えません」

「見えなくても、恋人なの」

絵里子は辛抱強かったし、落ち着いていた。美優が絵里子と並んで向かいに座り、切羽詰まった気持ちになったのは唯智のほうだった。

結婚できないのは困る。だって結婚するのが普通で、そのほうがずっと生きやすく、嫌われず、幸せになれるのだから。

「わかりました、すごく仲のいい友達なのですね。恋人みたいに好きで、結婚すると今までどおりに会えないから寂しいということですよね。そんなの大丈夫です、好きなだけ美優さんと出かけてくれていいです。絵里子さんの仕事が忙しいのは理解していますし、家のことはしなくてかまいません。それなら結婚できるでしょう？」

「唯智、落ち着いてよ。それじゃ結婚だけすれば浮気していい、みたいに聞こえるわよ」

「そんなことは言ってません。だって二人は女性同士じゃないですか。浮気じゃないから自由にしていいですって言っているだけです。結婚てそんなに不安でしょうか？　もちろん、僕だって不安ですよ、大きな決断ですよね。でもその不安を乗り越えてこその夫婦ではありませんか？　一般的に言って、苦難を一緒に乗り越えるのが夫婦であり、常識的に考えたら妻に仲のいい友達がいるのはいいことだと思います」

「それで言うなら、私たちは一般的じゃないし、常識的でもないのよ唯智」

四度目のため息を絵里子がついて、唯智はひやりとして口を閉ざした。妙に静かな自分の婚約者の表情が怖かった。

「言ったでしょ。結婚は無理なの。美優のことも、唯智のことも裏切りたくない。それに、私絶対、唯智とは暮らせないわ」

「……どうして」

「だって唯智は男なんだもの。唯智はちょっと変わってるけど真面目すぎるくらい真面目だし、ほかの男より全然男っぽさがないし、堅実で優しいわ。だから、もしかしたら結婚できるかもと思ったけど、毎日毎日男が同じ家の中で暮らしていて、それが自分の旦那だ、なんて、絶対に無理よ」

「――」

「本当にごめんね。婚約までしたのにわがままだってわかってる。血迷って男と結婚しようだなんて思うべきじゃなかったわ。唯智の気がすむまで謝るから……唯智は唯智で、幸せになってね」

絵里子は立ち上がった。白くしなやかな手が優しく美優の肩に触れて、つられるように立った美優が申し訳なさそうに頭を下げるのを、唯智はどうすることもできず眺めていた。


婚約して、結婚式はどうしようか、と相談までしていた彼女に逃げられた彼氏の一般的な振る舞いとはどういうものだろう、と唯智は思う。

少なくとも、今の自分の振る舞いが一般的でないことは、ちゃんと自覚していた。

(……だって、しょうがないです)

こんなの非常識だ、と騒ぐ良識的な自分に心の中で言い訳しつつ、唯智は缶ビールをあおった。普段はアルコールは苦手だけれど、さすがに飲まなければやってられない。

なにしろ、これから女装するのだから。

動くと右手に提げた大きな紙袋がかさかさと音をたてた。なにやってるんでしょう、と唯智は思う。普段飲まないビールまで飲んで、かさばる荷物を持って、こんなところで。

「やぁだぁ～もう～ホントに来週よぉ～？」

野太い声できゃははは、と笑う体格のいい女性——もとい、女装した男性がスマホを片手に唯智の前を通りすぎ、唯智は半眼でそれを眺めた。他人の趣味を否定する気はないけれど、髭《ひげ》の剃り跡もあらわで、赤いタイトなワンピースを着て、あからさまに詰め物をした巨大な胸元をふりふりしながら歩く男性は好きかと言われたら否だ。

彼の後ろからはナチュラルに手をつないだ熊みたいな髭面の男性二人が通りすぎ、その後ろをセーラー服姿の男の子を腕にしがみつかせたスーツ姿の女性が通っていく。

新宿二丁目という土地では、彼らはまったく注目を浴びていない。唯智は道端に立ったまま彼らを眺め、缶ビールの残りを飲み干した。

これから、唯智も彼らの仲間入りをする。

(でも、外見だけです。やむをえず、今日着るだけ……いや、うまくいったら毎日なのかな。それはそれで困りますが……外に出るのは今日だけでいいはず)

きっちりはみ出さずに生きてきたはずなのに、今日ははみ出してしまう、と思うと憂鬱になる。単に女性物の服を着るだけだとはいえ、その「だけ」が一大事だ。唯智は今まで、こんな突飛な行動をしたことは一度だってない。

約束した時間の十分前行動がモットーで、スーツは黒か紺色、シャツは白だ。私服も紺色と白と茶色しか着ないし、黒髪は染めたこともなく、いつでも清潔な長さで無難なスタイルに揃えてある。都内の大学を卒業し、社会人になるのを機に実家を出て、仕事は会社員で、借金はなくギャンブルもやらず、酒はつきあい程度に嗜《たしな》んで、煙草は吸わない。唯智の経歴や普段の生活は、誰にも咎められない品行方正なものだ。

いつだって模範的な、きっちりした「一般」のマス目からはみ出ない生活を送ってきたつもりだ。それなのに女装なんていう普通じゃない行為をするのは、唯智の理想とする、常識的で正しい、嫌われない生き方のためだ。

（今日がちょっと、イレギュラーなだけ。よし）

萎《な》えそうになる気持ちを奮い立たせて、唯智は公園を目指した。昼間に偵察に来て、指定された店の場所や、その近くに公園があることは調査ずみだ。ゴミ箱に空き缶を入れ、握りこぶしを作って暗い夜の公園に踏み込み、ぽつんと明るいトイレを目指す。盛っているゲイカップルとかいたらいやだなあ、と思っていたのだが、幸い無人で、唯智は個室に入って急いで着替えた。

まずはスーツを脱いで、かわりに紙袋から取り出したブラウスを身につける。やわらかいフリルのついたブラウスのボタンを留めたら、次は花柄の、スモーキーなピンク色のジャンパースカートだ。ジャンパースカートだなんて名称も、今回初めて知った。胸元にリボンを結び、レース編みのカーディガンを羽織れば服は完成。

靴下を脱いでストッキングを穿き、黒い革靴からパンプスに履き替える。ブリーフパンツ以外はすべて女性ものに替えたら、頭にウイッグを装着。ゆるくウェーブのかかった黒髪は肩甲骨くらいまでの長さで、ほどよくレイヤーが入って顔の輪郭が隠れるもの。

チョイスも用語も、全部ネットで得た知識だった。ばれにくく自然で可愛い女装の仕方、なんていう、唯智からしたら非常識の極みみたいな内容だって調べればわかってしまうのだから、情報化社会ってすごい。

はー、と重たいため息をつきながら、唯智は紙袋の底から鏡とメイク道具を取り出した。服もウイッグも化粧品もすべてネット通販で買ったものだ。動画サイトを見てじっくり練習した方法で化粧していく。

二十分ほどかけて化粧し終わると、唯智は鏡の中の自分を見つめた。心細そうな女性が見返してきて、何回見ても不思議な気分になる。でも、客観的には悪くないと思う。よく見れば違和感があっても、ぱっと見はばれないくらいの出来のはずだ。やってみるまでほとんど意識しなかったが、唯智はもともとの身体のパーツが男性的ではないらしい。肩幅もあまり広くないし、顔は小作りで目は二重、顎はほっそりしている。身長も一六八と男としては低い部類だ。

(……男らしくないとか、こんなことで実感したくなかったです)

幼稚園のときにお遊戯会で女の子と間違われたのは、ピンク色のTシャツのせいだと信じていたのに。

それなりな女装姿にがっかりしつつ、唯智は女性ものの服のかわりにスーツを入れた紙袋を手に、トイレのドアを開けた。公園を出て、深呼吸して、腕時計を確認する。待ち合わせ時間の十分前。予定どおりだった。

歩きにくいヒールを履いた足で慎重に踏み出して、唯智は指定された店を目指した。ちょっとわかりにくいけど、と言われた店は路地に入ったところにあって、目立たないのが唯智にはありがたかった。店の人に見られるのは仕方がないけれど、できればこんな格好で人通りの多い場所を歩きたくない。

ゆっくり歩いて三分、目指す小さな店のドアを開けると、カウンターと小さなテーブル席が二つだけの狭い店内では、すでに絵里子が待っていた。振り返った彼女が自分を見て、知らない人だわ、というように顔を逸らした瞬間だけ、唯智は少し勝ったような気持ちになった。

「絵里子さん」

「――え?」

声をかけるとびっくりしたように絵里子が振り向く。唯智は微笑んでみせた。

「待たせてすみません。どうでしょうか、僕」

「どうって……なにしてるのよ唯智」

「けっこう似合ってるでしょう。練習したんです。これならどうかと思って」

唯智が胸元のリボンをつまむと、カウンターの椅子から下りかけた絵里子は、思い直したようにまた座った。

「どうかもなにも、やめてよ。似合ってるけど、女装してればいいとか、そういう問題じゃないの。まったく、どうしても会いたいって言うからなにかと思えば、一か月も練習してたわけ？」

「そうです、練習したんです。絵里子さんのために」

呆れたような絵里子にむっとして、唯智は彼女の隣の席に腰かけた。

「唯智にしては、突飛なこと思いついたのね……」

「大事の前の小事と言うではありませんか。今さら、逃げられましたなんて会社にも両親にも言えませんから。僕は絵里子さんと結婚したいのです。あなたが僕と暮らすのに慣れるまでは、家で女装してもいいと伝えたくて、今日は来ました。これなら、女性と暮らしてるような気持ちになれると思って」

座ると、店主らしきカウンター内の女性がじっと見つめているのに気づいたが、お冷も出てこなかった。警戒されているのを感じつつ、唯智は絵里子のほうに身体を向けた。

「これが僕にできる最大限の譲歩です。お願いですから、婚約解消するなんて言わないでください」

「――あのね、唯智」

呆れるを通り越して憐れむような目で、絵里子は唯智を見た。

「唯智、そんなに私を好き？　ほかの女性じゃいやっていうくらい、私じゃないとだめ？」

「それは、」

黒目がちの絵里子の目にまっすぐ見つめられると、咄嗟《とっさ》に声が出なかった。ぐっと息を呑み、それから唯智は「もちろんです」と頷いたが、説得力に欠けるのは自分でもよくわかった。

絵里子じゃなきゃだめか、と訊かれたら、べつに絵里子である必要はない。ただ、絵里子は唯智のつきあった女性の中で、一番長続きして、結婚してもいいよ、と切り出してくれた唯一の人だった。

「ほんとに、絵里子さんが一番だと思ってます」

声を強めて言い直した唯智に、絵里子は初めて小さく微笑んだ。

「嘘言わないで。結婚する相手がいなくなると困るってだけでしょ」

「そ……そんなの、あなただって一緒でしょう。あの女の人とつきあってどうするんですか。将来とか、絶対大変に決まってます。常識的に考えて、すごくつらいです」

穏やかにさえ見える絵里子の微笑みに焦って、唯智は身を乗り出した。

「僕と結婚したら、絵里子さんだって幸せになれると思うし、生きやすいはずです」

「そうよね。生きやすいだろうなって思ったから、結婚したほうがいいって私も一回は思ったよ。ごめんね」

唯智が伸ばした手を、絵里子はそっと握った。

「でも、それじゃ幸せじゃないの。生きにくくても、美優といるほうが幸せなんだ」

静かだがきっぱりした口調で言われて、ぐっと声がつまった。そんなの子供じみた理想論だ、と反論するには、絵里子は落ち着きすぎていたし、それに——綺麗だった。唯智といたどんなときよりも。

「唯智だって、女装までして必死にならなくたって、ほかにいい女性はいっぱいいるわよ。ビアンじゃない、唯智を好きな女の子がね」

「——」

（そんなの、あなたに都合がいいだけの解釈じゃないですか。いないかもしれないのに）

じわっ、と胸の奥で熱がにじむ。悔しさに似た、諦めに近い熱。絵里子に逃げられるのはすごく困る、と思うのに、諦めそうになっている自分がいやだった。

「女装までしたんですよ。こんなに譲歩してるのに」

「譲歩してまで結婚するほど価値のある女じゃないわよ、私。——私は、唯智より美優が、あの子のほうが好きなの。大事で、なにかつらいことがあったときに助けてあげたり、嬉しいことをわけあったりするのは、あの子じゃないといやなの」

絵里子は言いながら傍らのバッグを開けて、中から紙袋を取り出した。それがカウンターの上で差し出される。

「これ、このまえ返せなかったから、ちゃんとしなきゃって思ってた。だから今日は唯智に会いたいって言われてＯＫしたんだ」

「……これは」

「婚約指輪と、買ってくれたネックレス」

絵里子は立ち上がった。

「唯智はいい人だもん、もっといい人と結婚できるわよ。生真面目すぎるのが玉に瑕だけど、そういうところも好きになってくれる人がいるよ。頑張ってね」

ふわっと香水の匂いが鼻をかすめた。絵里子が立ち去るのだとわかっても、唯智は振り返れなかった。あの子じゃないといやなの、と言ったときの絵里子の表情が目に焼きついて、顔を上げることもできなかった。

唯智の知っている絵里子はこだわらない人間だった。予約の取れなかったレストランや、乗れなかった電車、ほしかった服の色、終わってしまった人気メニュー、どんなものも「じゃあいいわ」とあっさり言って、残念がるそぶりもなかった。彼女の都合で会えなくなるときも「ごめんね」と言いつつ寂しそうではなく、デートしたあとで唯智と別れるときは、絶対に振り返ったりしなかった。さばさばしているんだ、と唯智は理解していた。

そういう彼女が固執するのが、あの美優という女性なのだ。

女性が女性を好きになったって不毛です、と唯智は思うけれど——とにかく唯智は、美優に負けた。美優よりも好かれていないということは、唯智にとっては嫌われているのと同じことだった。

誰にも嫌われたくない、と思っているのに。

「すみません……お酒、ください」

俯いたまま、唯智は言った。数秒間を置いて、店主の女性が「いろいろあるから」とメニューを差し出してくれる。

「うちはビアン専門で、男性は女性同伴以外は入店拒否なんだけど、今日はしょうがないから飲ませてあげる。フードメニューもあるから、よかったらどうぞ」

「……ありがとうございます。では、白ワインをください。グラスで」

正直、なんでもよかった。追い出されないのはありがたい。とてもではないけれど、すぐに立ち上がって公園に戻り、女装からスーツに着替えて満員電車に揺られて家に帰る、なんてできそうになかった。

胸の中で、さみしさが嵐みたいに吹き荒れている。今回も幸せになれなかった。努力して頑張って、やっとゴールだと思っていた矢先でだ。

出されたグラスを一息に飲み干して、無言で差し出すと、店主はボトルから注ぎ足してくれた。

「気持ちはわかるよ。絵里子美人だしね。女装までして引きとめる彼氏がいるとは思わなかったけど」

「……どういう意味ですか」

「だって絵里子、うちの常連だもん。自力で稼げてるし、妥協して男とつきあったり結婚したりするタイプじゃないと思ってたんだ。……あ、結果として妥協しなかったわけか」

「ほっといてください」

唯智は二杯目のワインも一息に飲んだ。酸味が喉に絡んでむせそうになり、無理やり飲み下すと胃がかっと熱くなる。顔も目も熱くなって、唯智はぎゅっと唇を噛んだ。

(僕のほうが被害者なのに……邪魔者みたいに扱われなきゃいけないなんて)

「妥協しないなら、最初から僕とつきあわなければよかったんです。婚約までしておいて、やっぱりやめますなんておかしいじゃないですか」

「だから絵里子も謝ってたじゃん。お兄さんのことはかわいそうだと思うけどね」

「お酒おかわり。かわいそうとか、そういうのいらないです」

だん、とグラスを置いて、唯智は呟いた。

「だいたい、じょーしき的に考えて、同性同士なんか不毛でしょう。子供できないし、親がしゅくふく、するわけないし。会社にだってー、言えないじゃ、ないですか」

「今は会社でも受け入れるところはありますよ。偏見が根強いのはそのとおりだけど……お兄さん含めて」

ため息をつきつつ店主がワインを注いでくれ、唯智はそれを飲んだ。腹から胸が熱くて、頭がぼうっとする。目がひりひりして、身体はだるいのが、自虐的な気分にはぴったりだった。

「絶対、おかしい。僕、一般的に見てスペックはひくく、ないはずです。正社員ですしー、身体もじょうぶで、賭け事はしません。浮気性でもないし、コドモだっているべきだとおもうし、親とのカンケイだってりょーこー、です。ゆーりょー物件のハンイ内だと、じふしているんですー。絵里子さんのカノジョについても、ともだちなんだからケッコンしてからもなかよくしてくださいって、言ったんれすお？　言ったのに」

「だから友達じゃなくて恋人なんだって。やだなあ酔っ払い。男だし」

店主がため息をついたが、唯智は聞いていていなかった。お酒ください、と言ってグラスを差し出し、くらくらするのを追い払うように、カウンターを手で叩く。

「常識的に考えたら、僕が被害者です。ふつーは、僕を選ぶと、おもいますよ？　絵里子さんには、すごく尽くしたつもりですもん……婚約指輪だって、じょせーがすきなブランドをリサーチして、ちゃんと……買ったんれす……」

「あー酔ってる酔ってる」

店主がいやそうに言って、すっと遠ざかった。あれいなくなった？　と唯智は疑問に思ったが、顔を上げても視界は歪んでいて、よくわからなかった。めんどくさくなってぺたっとカウンターに伏せて、唯智は呟く。

「結婚するのがー、いちばんじゃ、ないですかー。ずっと独身とか、そういうのはやっぱり、間違ってるし……フツーに考えたら、イッパン的でジョーシキ的なのは、二十代で結婚して、二年目くらいでこどもできてー、四年あけてもうひとり生まれるくらいがちょうどでー、ちょっといいマンションとか買って、きちんと仕事して、出世して……安定した生活を、ですねー……」

「はいはい、安定した生活が送れなくて残念だったね」

ほとんど独り言になっていた台詞に相槌が打たれたかと思うと、ぐいっと腕が引っぱられ、唯智は酔いからわずかに覚めてまばたきした。唯智の腕を掴んでいるのは、ほとんど金色に見える明るい髪色の、若い男だった。淡い色のジャケットがしっくり似合っている。

「すごく迷惑だからお会計して外に出てね。財布ある？」

「……ありますけど、誰」

かるい口調にむっとして腕を振り払おうとしたが、できなかった。がっちり唯智の腕を掴んだ男は、「頼まれたの」とにっこりする。

「ミキさんの知り合いで、たまに用心棒っぽいこともしてるんだよね。酔っ払いを追い出してねって頼まれたんで、来たんですよ。はい財布出して。飲み逃げはしないよね？」

「……しません、そんな非常識なこと」

さらにむっとして、唯智は掴まれたまま尻ポケットに手を伸ばし、ポケットがないことに気づいて顔をしかめた。そうだった。今は女装しているんだった。

変な男にまで女の格好を見られた、と思いながら足元の紙袋に手を伸ばし、財布を出す。

「いくらですか？　絵里子さんの分も必要？」

「あっちはお代すんでるから。ワイン三杯、二千百円」

「お釣りはいらないです」

千円札を三枚引き抜いて渡すと、店主がため息をつくのが見えた。手早くレジを打った彼女は、小銭を差し出してくる。

「そういうのうちではお断りしてるので」

「いらない」

「じゃあリョウ、受け取っておいて」

「はーい。ほらほら、迷惑かけないで。行くよ」

唯智のかわりにお釣りを受け取った男は足元の紙袋を勝手に持ち、その中にちゃりんと小銭を入れて、「けっこういいスーツじゃん」と言った。

「彼女に振られたんだってね。御愁傷様《ごしゅうしょう》」

「……うるさいです」

ずるずる店の外に連れていかれながら、唯智は身をよじった。「放してくださいってば。けーさつ、呼びます」

「今呼んだら不利なのはお兄さんのほうだよ」

「不利なのはそっちです。暴力、ふるってるじゃないですか。僕なんか、絵里子さんのために、わざわざ、こんなとこまで来て、表彰されたっていいくらいです」

外に連れ出されるとすうっと風が冷たかった。もう九月も末だ。なんでこんなことになってるんだろう、と唯智はぼんやり思った。動いたせいか、頭がくらくらする。ぐるりと視界が回転し、唯智は腕を掴まれたまま、その場に座り込んだ。

「けっこん、できないとこまります」

「困るって俺に言われてもね。ちょっとここで座らないでよお兄さん、店の営業妨害だから。ミキさんの店はこれから混む時間なんだし」

「関係……ないです。絵里子さんに、電話する」

男に引っぱられるのに抗って首を振り、唯智はずるずると後退った。右腕は男に掴まれたままだが、左手を男の持つ紙袋に伸ばし、中にある鞄からスマホを取り出そうとすると、ひょい、と紙袋が頭上に遠ざけられた。慌てて手を上げたが、届かない。

「ど、どろぼー！　非常識！」

「どろぼうじゃないの。落ち着いてよ。しつこい男は嫌われるよ」

「僕はしつこくないです！　一般的に見てっ」

「いや、どう見てもしつこいって」

高く上げられた紙袋を取ろうと必死で立ち上がり、手を伸ばす。激しく動いたせいでずるっとウイッグがずれ、足元に落ちたのもかまわず男に掴みかかろうとすると、男のほうがびっくりしたように目を見ひらいた。

「あれ……唯智？」

「へ？」

急に名前を呼ばれて、唯智はきょとんとした。明るい髪色の男の顔には見覚えがない。……いや、うっすら覚えているような気もしたが、まばたきして見直してもはっきりしなかった。男のほうはまじまじと顔を覗き込んできて、唯智は思わず顎を引いた。

「舞島唯智じゃない？」

「……そう、ですけど」

「やっぱり。変わってない」

にこっ、と男が笑う。「唯智、俺のこと忘れちゃった？　俺、木野内涼祐《きのうちりょうすけ》」

「きのうち……先輩？」

その名前には覚えがあった。大学のサークルの、二つ上の先輩だ。言われて見直せば、ぼんやり記憶にある木野内と、目の前の男は顔が似ているようにも思える。

(あ……目の色、榛色《はしばみ》だ)

唯智を覗き込む目の色には見覚えがあった。俺の目の色、榛色っていうんだよ、と本人

が教えてくれた色だ。

思い出すのと同時にあまり嬉しくない記憶も蘇って、唯智は顔をしかめた。

「木野内先輩が、なんでこんなとこにいるんですか……」

「俺は金曜の夜はたいていこのへんでナンパすることにしてるの。なんでこんなところに、はこっちの台詞だよ。まさかここらで唯智に再会するとは思わなかったな。しかも可愛い格好だし」

面白そうに笑った男は、つん、と唯智の髪の毛を引っぱった。

「いつから女装してんの？」

「そ、そんなの今日が初めてに決まってるでしょ！　人のこと変態みたいに言わないで」

「変態はひどいなあ。どんな格好してたって変態とはかぎらないだろうに。それに、ずいぶん本格的じゃん。メイクもちゃんとできてる」

「こ、これは練習して……」

唯智は恥ずかしさに顔を伏せかけ、思い直して木野内を見上げた。紙袋を返してほしい。もう着替えたい。

「なんでもいいから返してください。紙袋」

「電話しないって約束してくれたら返すよ。そんで、駅まで送ってあげる。昔のよしみっていうより、見張り役だけど」

木野内は笑顔のままで紙袋を振った。唯智は唇を曲げ、仕方なく頷く。

「しない、です。着替えたい」

「えー、もったいないな。似合ってるのに」

くすっと笑った木野内が紙袋を返してくれ、唯智は半分ほっとして、半分はむっとしながら胸元に手をやった。

「こんなの似合ったって嬉しくないです」

結んでいたリボンを乱暴にむしり取り、勢いよくジャンパースカートの裾を持ち上げると、「こらこらこら！」と急に怒鳴られた。壁際に押しつけられ、唯智はむっと木野内を見上げた。

「なにすんですか。着替えたいんです」

「いや、ここ外だから。やだな、まだ酔ってる？」

「酔ってないです。トイレ行くのめんどくさい」

「それ酔ってると思うよ」

「うるさいな、酔ってないですってば。どこで着替えたっていいでしょ」

振り払おうとして、木野内の力の強さにかっと頭の芯が熱くなった。

なんで、と思う。なんで邪魔されなきゃいけないんですか。絵里子さんに電話するのだって、着替えるのだってそうだ。それに絵里子さんだって。どうして普通に暮らしていくという夢の邪魔をするんだろう。

なんで、こんなに悔しい、寂しい気持ちにならなくちゃいけないんだろう。

「い、や!」

思いきり腕に力を込めて身体をひねり、蹴り飛ばそうとしたが、避けられてしまった。却ってなだめるように抱きしめられ、みっともなさと羞恥と怒りで、唯智は唸った。

「いやだ、ってば、放して!」

「大声出さないでよ、俺のほうがあやしく見えちゃうだろ」

「やっ……う、うぇっ……う、」

胸が震えた。何度力を入れても放してもらえない腕も震えて、きつく唇を噛む。隙間から嗚咽が漏れて、唯智は目の前の肩に額を押しつけた。

「うっ……けっこん……するはずだった、のに……うっ……ひ、」

「唯智――泣いてる?」

木野内の声が困ったように揺れる。ぽんぽん、と背中が叩かれて、唯智は無意識にしがみついた。うう、と子供みたいに声が出る。

「泣いてなっ……う、ん、ううっ……」

「ああもう、仕方ないなあ」

額を擦りつけた唯智の身体を扱いかねたように、木野内はくしゃっと頭を撫でた。

「とにかく、ずっとここにいても仕方ないから、移動しよう。俺ん家近くだから、おいで」

「……っ」

数秒迷って、唯智は結局頷いた。悔しくて寂しくて、投げやりな気分だった。可能ならここから一歩も動きたくなかったたし、そうして、ひとりになるのもいやだった。

誰にも好かれていない状態でひとりになるのは怖い。

(寂しいのは……生きにくいのは、いやです)

手を引いてくれる木野内についていきながら、唯智はぎゅっと唇を噛んだ。

木野内は大学の陶芸サークルの、二年上の先輩だった。学年は二年違うが、年齢は三つ上で、理由は一年留年しているからだと本人が楽しげに自己紹介したのを、唯智はよく覚えている。金茶の髪と緑がかった茶色い瞳は木野内によく似合っていたが、その軽薄そうな外見どおり、中身もずいぶんいい加減なのが、言動の端々から窺えたからだ。陶芸サークルも「女の子にろくろの使い方を教えるとき、密着できて楽しいから」と言い放って参加していたたし、留年したのは十か月も外国をうろうろしていたからららしく、唯智にとってはまったく違う世界の、つきあいたくない部類の人間だった。

陶芸サークルみたいな落ち着いたサークルじゃなくて、他校とばんばん交流するサークルに所属したらいいのに、と唯智は思っていたが、あとからそっちにも所属していたことがあると聞いて納得した。納得したがよけいにいやだった。なんで向こうにいてくれなかったんだろう。

おかげで部室に二人きりになるような気まずい時間ができてしまうのが、本当にいやだ。

陶芸サークルは三十人ほど所属するサークルだが、普段の活動は個人のペースなので、決まった活動日がほとんどない。そのため、電動ろくろや灯油窯のある芸術棟の部室は出入り自由で、大勢いることも、ひとりきりになることもあった。

その日は午後の講義が休講になって、唯智は雨の中帰るのも面倒だな、と部室に寄ることにした。手びねりで、なにか小さいものを作ってもいいですね、と思いながら部室のドアを開けると、中には木野内だけがいて、彼は焼き上がった作品を眺めていた。

「……こんにちは」

苦手とはいえ先輩だ。小声で挨拶すると、木野内は振り向いて「ああ、唯智」と言った。木野内はサークル仲間の大半を下の名前で呼んでいて、そこも唯智の苦手なポイントだったが、顔には出さずに部室の隅に荷物を置いた。部員が自由に使えるデザイン用のデッサンノートを手に取ると、後ろで木野内が呼んだ。

「ねえ唯智、これ誰が作ったか知ってる？」

「どれですか？」

「これ」

そばに寄りたくなくて訊き返したのに、振り返ると木野内は手招きしていた。仕方なく彼の元に歩み寄ると、木野内は並べてある器や花瓶のひとつを指差した。

「このカフェオレボウルみたいなの、誰の？」

「……それ、僕のです」

唯智はつい顔をしかめた。部長には「いい茶碗だ」と間違われた器は、釉薬《ゆうやく》をかけて仕上げて、それなりに気に入っていたけれど、持ち帰れずに置いたままにしているものだった。作品としては気に入っていても、使う気になれないのは、これを作りはじめる前につきあいだした女の子と、作り終わる前に別れたからだ。茶碗のようにも見えるそれはカフェオレが好きな彼女にプレゼントしようと作ったものだった。

茶色に少しだけ白い部分のある大振りのカフェオレボウルに、木野内は「へぇ」と目を丸くした。

「唯智のだったんだ。かたちもすごく整ってるし、この茶色のとこ、ちょっと俺の目の色に似てるなーって思って、嬉しくて見てたんだ。俺の目の色、榛色っていうんだよ」

ほらほら、と木野内は自分の瞳を指差してみせ、思わず唯智は彼の目をまともに見つめた。蛍光灯の光を反射した茶色い瞳は緑がかった複雑な色をしていて、綺麗だな、と自然と思ってしまってから、唯智は慌てて横を向いた。

「似てないと思います」

「えー……似てるのに。ほら、この端っことかちょっと色が明るくなって緑っぽくて」

「似てないです」

そっけなく背を向けると、木野内はなおも不満そうに「似てるって」と呟いたあと、しつこく唯智を呼んだ。

「ねえねえ唯智。これ俺にちょうだい。いや、買うよ」

「……そんな、差し上げられる出来ではないです」

「上手だって。唯智、器用だよね。最初からろくろも様になってたし、半年でこんなに綺麗なかたちのものが作れるってすごいよ。ちょうど使いやすそうな大きさだしさ。俺カフェオレ好きなんだよね」

聞いてません、と唯智は思う。先輩の好みなんか聞いてないです。僕は伊藤さんの好みにあわせてプレゼントしようと思って——と言うかわり、ため息をつく。

「どうぞ。そんなに気に入ったならあげます」

「やったーありがと。今晩さっそくカフェオレ淹れるわー」

ちらっと窺うと、大事そうにボウルを持ち上げた木野内は、嬉しげな顔で踊るようにくるりと一回転した。大量に置いてある新聞紙でボウルを丁寧にくるんで紙袋に入れると、いそいそと唯智のそばに寄ってくる。

「今度はなに作るの？」

「……大きいものはやめて、手びねりで小さいお皿にしようかと」

「ふうん。それも、誰かのプレゼントにするの？」

肩に手を置かれて眉をひそめた唯智は、そう言われていっそう顔をしかめた。

「どういう意味ですか？」

「いや、みずほちゃんと別れたって聞いたからさあ」

「――」

ちりっ、と胸がいやな感じに焦げた。身体が強張ったのが木野内にも伝わったのか、肩から手が離れて、かわりに髪を撫でられる。

「なんでだろうね。唯智って真面目だし、いい子なのに、女の子と長続きしないよな」

「先輩には関係ないです」

「うんまあ、俺も人のこと言えないけどさ。でも、俺みたいなチャラいタイプが女の子とつかえひっかえは目立たないけど、唯智みたいに、誠実と真面目が服着て歩いてますってタイプが半年で三人って、やっぱり多いよなーって」

木野内はもう一度唯智の髪を撫でると、隣に腰を下ろした。

「みずほちゃんは押しが強そうだったから、もしかしてああいうタイプがうまくいくのかなーと思ったら、逆にやたらと短かったね」

「……だから、先輩には関係ないじゃないですか」

ちりちりする胸の痛みを持て余して、唯智はノートを閉じた。もう、デザインを考える気分ではなかった。いつになくトゲトゲした気分で鞄を肩にかける。

「人の恋愛事情を詮索している暇があるのでしたら、就活の準備でもしたらどうですか」

「んー、俺、焦ってないから」

へらっと木野内は笑い、座ったまま唯智を見上げてくる。

「それよりさ、帰るなら俺の部屋寄っていかない？　お礼にカフェオレ淹れてやるよ」

「いりません」

「失恋の痛手もやわらげてあげるのに」

「けっこうです」

ついと顔を背けて唯智は言い放った。「女の子がつかまらないからって、親しくもない後輩誘うのはやめてください」

「あはは、ばれたか」

とがった唯智の声にも、木野内はこたえたふうもなく笑っていた。それによけいに苛立って、唯智は背を向けて言った。

「僕、先輩みたいに不真面目な人は嫌いですので」

足早に出入り口に向かう唯智の後ろで、木野内はやっぱり笑いながら「だろうねー」などと言っていて、ああいうところが嫌い、と唯智は思った。

翌日、生まれて初めて「嫌い」などと他人に言ったのはやっぱり間違いだった、と反省して、「すみませんでした」と謝った。木野内はそのときのほうが驚いた顔をしていて、「律儀だなあ」と言った。

「気にしなくていいのに、あれくらい」

「常識的に考えて、先輩に対する態度ではありませんでしたし、一般的に嫌われるのが好きな人はいないとわかっているのに、嫌いというのはよくない単語選びでした」

「たしかに嫌われるのは好きじゃないけど。じゃあ、どんな単語ならよかったの?」

「——苦手、とか」

唇を曲げつつ真面目に答えたのに、木野内は楽しげに笑った。

「唯智は、ちょっと面白いよね」

へらへら笑われて、またも唯智はむっとしたが、それからは極力木野内を避けるように努力して、二度と失礼なことを言わないように気をつけていた。木野内もだんだん唯智にはかまわなくなり、冬休みが明けるとサークルを引退して、それっきりだった。

まったくそりのあわない、苦手な先輩はあっさり唯智の生活から姿を消して、すっかり忘れ去っていたのだが──。

「唯智、紅茶淹れるけど、先に水飲みなよ」

七年経っても相変わらず軽薄そうに見える木野内は、片づいた部屋でソファーに座った唯智に、ミネラルウォーターのボトルを差し出した。一人暮らしにしては広々した1LDKの室内は、モノクロの写真がいくつも飾られていて、意外にも落ち着いた雰囲気だ。

(人生って、なにがあるかわかりませんね。突発事態って好きじゃないのですけど)

ため息をつきたい気分で、唯智は首を横に振った。

「ビールか、なければなにかお酒ください」

木野内はちょっと黙ったあと、そうか、と苦笑した。

「酔いたい気分のときってあるもんな」

そう言いつつ、キッチンに戻った木野内は缶ビールを持ってきてくれ、唯智はすぐに口をつけた。

「俺の知ってる唯智は、アルコール苦手だったけど」

「苦手ですよ。好きじゃないです。でも、飲むとふわふわってして……いろいろ忘れちゃうから」

スカートの裾をいじりながら、唯智はソファーに背を預けた。木野内は向かいに座って同じようにビールを傾けている。

飲むと、少しばかり遠ざかっていた酩酊感が戻ってきて、唯智はむしろほっとした。慣れない他人、しかも苦手な部類の人間の部屋だということや、今の自分の状況について、冷静に考えるのは荷が重かった。

「婚約した彼女に逃げられたんだってね。彼女が元カノとより戻したって聞いたけど」

「――そうです」

絵里子の顔を思い出して、唯智はため息をつくかわりにビールを飲んだ。苦くておいしくない。匂いも好きじゃないけれど、ごくごくと何口も喉に流し込む。

「信じられないと思いませんか。絵里子さんのほうが年上でしたから、できるだけ彼女を立てるように接してきました。彼女も結婚には乗り気だったんですよ。紹介されて最初に会ったときだって、僕が将来的に結婚できるか考えながらつきあいたいですって言ったら、それでいいって言ってたのに」

「結婚したいなー、みたいに思うことって、誰しも一回はあるんじゃない？」

木野内は小さく苦笑して缶ビール越しに唯智を見てくる。

「俺だって、たまに考えるもんな。この年になると」

「僕も、もう二十六ですし。以前から将来的に結婚することは視野に入れていましたが、最近大学の同級生も、会社の同期なども相次いで結婚したんですよ。僕もそろそろ、きちんとしなければと思ったのです」

はーっと息を吐いたらホップの苦い香りがした。なんでこんなにやるせないのだろう。やるせないし、疲れたし、また最初から誰かとやり直すのだと思うと憂鬱だった。

「結婚するために、ちゃんと努力しましたのに」

呟くと、木野内はしばらく黙ったあと、「それさぁ」と言いにくそうに言った。

「彼女が逃げちゃった気持ちも、ちょっとわかるな」

「――どうしてですか」

「だって唯智、さっきから結婚したいって言うけど、彼女さんのことは好きって言わないからさ」

「そんなの、好きに決まってます。好きじゃないなら結婚しようとは思わないでしょう、普通」

「普通はね。そういえば、唯智って昔から、『普通』とか『常識的』とか、口癖だよなあ」

「好きじゃなかったら、こんなことしないです」

唯智は木野内に向かってスカートをつまんでみせた。ひらひら振ると、木野内は目を細める。

「似合ってるけど、女装したら解決すると思うところがすごいよな。ビアンの女の子と結婚したくて女装って、努力は認めるけど」

「似合ってるなら、嬉しくありませんけど、いいじゃないですか」

飲みたくなくなったビールの残りをごくごくと飲み干して、唯智は口元を拭った。

「男じゃ無理だ、一緒に暮らせないって言われたから、じゃあ家の中だけなら女性の格好しててもいいって、こんなに譲れる男はいないと思うんです」

「うーん……譲られてもなあ……だめなときは、だめじゃないかな、やっぱり」

「なんで、だめなんですか」

歯切れ悪く言う木野内を、唯智はじろっと睨んだ。

「だめなら直すと言ったんですよ僕。客観的に見て、どこがどうだめなんです？」

「それは、唯智が男だからだろ。彼女さんは女がいいわけだから」

「だから女装しました」

「外側じゃなくて、中身のこと」

「……そんなできないこと言われても困ります」

むすっとすると、木野内はいたずらっぽく笑った。

「できないこともないよ。俺でもしてあげられる」

「えっ!?」

唯智はびっくりして思わず身を乗り出した。ぐらっと身体がかしぎ、慌ててテーブルに手をついて、木野内を見上げる。

「先輩ができるんですか!?」

「できるよ。俺はいっつも、相手を女の子にしちゃうほうだから」

目を細めて意味ありげに微笑んだ木野内は、立ち上がると唯智の隣に来て座った。なぜかそっと手を握って、榛色の目を色っぽく煌めかせる。

「興味ある？」

「あ――あります、すごく」

「ふぅん。それなら、唯智のことも女の子にしてあげてもいいよ？」

「すごい……先輩すごいですね」

いかにも自信のありそうな木野内の態度に、唯智はごくりと喉を鳴らした。中身まで女の子になれば絵里子も納得するのではないだろうか。

（そしたら結婚できる。予定どおりに）

「し、してください。お礼しますので」

結婚できる、と思ったら、唯智はそう口走っていた。持ちかけたくせに意外そうな顔をする木野内の手を掴み、お願いします、と頭を下げる。

「手術とか、痛いのは少しいやですけど我慢しますのでお願いします！」

「――唯智、酔ってるよなあ、これ」

「酔ってないです。大丈夫」

木野内が離れていきそうになって、唯智はぎゅっと腕にしがみついた。

「今すぐは無理？　明日ならいいですか？　してほしいです僕」

「……そういうの、ほかの男に言っちゃだめだぞ」

木野内が顔をしかめてため息をつき、唯智は何度も頷いた。

「大丈夫です。女の子にしてくれるなんていう人、先輩以外に知りませんから」

「そういうことじゃなくてね……あーあ。ちょっと気が咎めるんですけど」

唯智がしがみついていないほうの手で、木野内は唯智の髪に触れてくる。さらっ、と指で梳かれて、くすぐったさに首を竦めると、木野内は「あーあ」ともう一度言った。

「本当なら今日はナンパでもして、綺麗な年上の人ひっかけて楽しく過ごそうと思ってたからね。なのに、酔っ払いの困ったノンケの後輩の面倒みさせられてるんだから、ちょっとくらい役得ってことでいいかな」

「……よくわかんないけど、いいです。かまいません」

唯智が二回頷くと、木野内は立ち上がった。

「唯智、真面目でしっかりした子だと思ってたのに、意外と危なっかしいやつだったんだな。おいで」

木野内につられて、唯智も立ち上がった。ふらふらする唯智を気遣ってか、木野内は背中に手を回してくれ、部屋を横切ってドアを開ける。その先は寝室になっていて、唯智は優しくベッドまで導かれ、仰向けに横たわった。

「こ、ここでするんですか？」

「ソファーじゃ狭いだろ」

「あのでも、血とか出たらシーツ汚れ、ん、うっ」

言いかけた唇に木野内が覆いかぶさるように口づけてきて、唯智は目を見ひらいた。じっと唯智を見つめている木野内と至近距離で視線がぶつかって、目だけで微笑まれる。

「……先輩っ、んんっ……う、ん……く、んっ」

抗議しようとしたらぬるっと舌が侵入してきて、ぞくん、と背筋が震えた。悪寒に似た震えは一瞬おいてぼうっとした熱に変わり、唯智はいたたまれなくなって目を閉じた。

キスだろうと思うけれど、こんなキスは知識にない。舌を入れられるなんて気持ち悪いはずなのに——熱くて大きい木野内の舌が口の中を動くのは、いやではなかった。

「んーっ……ふあっ……う、んっ……く、……んぅ……っ」

ぬるぬると口内を舐めた木野内は、時折唇をわずかに離してはまた重ねてくる。あたたかいてのひらに頬を包まれ、指先で耳の裏を撫でられて、唯智はぞくぞくする熱に身をよじった。

唯智が予想していた方法とは全然違う。これじゃあまるで、セックスでもするみたいだ。

「ん、ふっ……は、せ、先輩っ……これ、あっ、ちょ、服っ」

やっとキスが終わり、「なにするんですか」と言おうとした唯智は、スカートが胸まで

捲り上げられているのに気づいて赤くなった。木野内が唇の端で笑う。

「脱がないとできないでしょ。それこそ汚れちゃうよ。せっかく可愛い服なのに」

「そ……そうか。そうですよね。でも、キスはいらないのでは……っは、ぁっ」

へそのあたりをするっと撫でられて、変なふうに声が跳ねた。まるで甘えるような高い声に、唯智は真っ赤になった。

「う、うそ、ちょっ……あ、はぅ、あっ」

「おなか撫でられるの気持ちいいの？　敏感だな」

「ちが……あ、はぁっ……あ、ん、や、……あぁっ」

さわさわ肌を撫でる木野内の手は、服の中を少しずつ移動して胸に触れ、つん、と乳首をつついてくる。意識したことのないその小さい突起は、木野内に触れるとじぃんと痺れて、唯智は口元を押さえた。

「そ、そんなの触らないでくださいっ……や、やだっ……」

「つつくと身体がぴくってするじゃん。つまんだげる」

「やぁっ……やめ、ひ、あッ」

抗議に取りあわない木野内にきゅうっと乳首をつままれて、唯智は背をしならせた。

「はぁっ……や、だ、しびれるっ……あ、あぁ……っ」

「可愛い声出すなあ」

つまんだ乳首を指の腹で弄りながら、木野内は微笑んで顔を覗き込んでくる。

「ほっぺも真っ赤。酔ってるからどうかなと思ったけど、もう半勃ちだし――そんなに押しつけられると楽しくなっちゃうな」

「お、押しつけてなっ……はぅ、あ、やぁ……っ」

こりこりと乳首を刺激され、浮いた腰にぴったりと木野内の股間が押しつけられて、そこが疼くように熱くなった。自分のものがかたちを変えはじめているのがわかって、唯智はびくっとした。

「うそ……なんで、こんな早いの……」

「あれ、普段は反応遅いほう？　嬉しいなあ」

木野内はぺろりと唯智の唇を舐めてくる。「いいよ、いっぱい感じて。せっかくだから、気持ちよくなってもらえたほうが俺も楽しめる」

「た、のしむ、って……あ、あのっ」

弾みをつけて股間をこすりあわされながら、唯智は動揺して涙をにじませた。

「あのっ……これじゃ、せ、性行為……」

「うん、セックス。俺が唯智を抱いて女の子にしてあげる」

にんまりと木野内が笑う。

「男としてじゃなく、女の子みたいに達《い》かせてあげるよ？」

「い、いやです。やめますやっぱり」

湿った熱を帯びた分身を下着越しにこすられるのは、気持ちよくないわけがない。でも、物理的な快感とはべつに、怖かった。必死で身体をくねらせて逃げようとすると、きゅっと性器を握られて、唯智はびくっと竦んだ。

「女の子になるのは諦めるんだ？　俺はどっちでもいいけど」

「……そ、それは」

「せっかく協力してあげようと思ったのに、途中でやめられるなんて心外だなあ。やめるならお詫びしてほしいくらい」

「ひぁっ……あ、も、揉まないでっ……」

微笑む木野内は下着ごと、やわやわと性器を刺激してきて、唯智は本当に泣きそうになった。

「怖いですってば……こういうの、僕……け、経験ない、……っ」

唯智はセックスをしたことがない。つきあった女性は十人近くいるけれど、キスだって一回しかしたことがないのだ。性行為は結婚してからにすべきだ、と唯智は思うし、淡白なほうらしく、したい、と思うこともなかった。むしろ嫌悪感があるくらいで、そういう自分を恥じたことはないが、一般的に童貞というのは憐れみや嘲笑の的らしい。

からかわれるのを覚悟で打ち明けた唯智に、木野内はことさらにっこりした。

「わかってる」

「……わ、わかるものなんですか？」

「男と経験があるなんて思ってないよ。大学のときも、ちゃんと彼女いたもんな」

そうじゃなくて、セックスそのものをしたことがない、と重ねて言うことはできなかった。かわりに「先輩だって」と呟くと、木野内はちゅ、と短くキスをした。

「俺は男とも女ともできるよ。男とのほうが好きだし多いってだけ。自慢じゃないけど、わりとうまいから安心してよ」

「安心とか無理……っん、ふ、んむっ……」

また舌を入れてたっぷり唯智の口の中を舐めた木野内は、唇を離すとたくし上げられていたスカートを掴んだ。

「これ、脱いじゃおう。脱いだら、俺の言うとおりにして。大丈夫だから」

「……」

怖かったし、大丈夫だなんてとても思えなかったが、唯智は結局頷いた。経験者の言うことは聞いたほうがいいだろうと思ったし、自分からお願いしてやめるのは申し訳ないとも思った。それに。

「本当に……先輩と性行為をしたら、女の子になれます？」

やっぱり結婚したい、と唯智は思う。普通で一般的で、誰からも後ろ指をさされたりしない、幸せになる方法を、唯智はほかに知らない。唯一の方法である結婚に、一番近いのは絵里子だけなのだ。

「向き不向きはあるから断言できないけど、唯智はきっと向いてると思うな。さっきの感じからして」

「向き不向きとかあるんですか……？」

「もし今日できなくても、少なくとも女の子の気持ちは、今よりもっとわかるよ」

手際よくジャンパースカートを脱がせ、ブラウスのボタンを外しながら、木野内は優しい声で言った。

「脱いだら俺の首に手を回して、ぎゅってして。先輩、って呼ばれるのもなかなか燃えるけど、涼祐って呼んでもらえると俺の好みにばっちりだから、そうしてくれる？」

「わ……わかりました」

いろいろ難しいものですね、と思いつつ唯智が頷くと、木野内はふわっと微笑んだ。

「いい子だね。唯智、優等生だもんな」

「そんなことは……、ん、……っ」

上に着ていた服が取り払われて、またキスされる。こんなにキスしなきゃいけないのでしょうか、と唯智は思う。経験はなくても、性行為がどうやってするものか知識はある。キスすることも、身体を愛撫することも理解していたけれど、こんなに何回もキスするとは思わなかった。

(ある意味よかったかもです。いずれは僕もするんですから、予行練習として)

おずおずと唇を受けとめ、言われたとおりに木野内の首筋に腕を回すと、木野内はゆったりと唯智の身体に手を這わせてくる。

「ん……っ、は、あっ……ぅんっ……あ、」

木野内のてのひらはさらさらしていて、触れるか触れないかの強さですうっと撫でられると、皮膚の内側がざわつく感じがした。どこに触れられても、こまかな震えが生まれてくる。脇腹や、背中、腰骨。

「パンツは男ものままなんだ? 白ブリーフ、やらしく見えるね」

ストッキングと下着をまとめて引き下ろされると、羞恥と緊張で身体が強張った。木野内は唯智の耳に唇を近づけてくる。

「大丈夫だって。まずはここね」

「あっ……ああ……っ」

指の長い手に性器が包み込まれて、ひくん、と分身が跳ねた。幹を握った木野内が上下に擦り立てるリズムは、唯智がごく稀に自分でするのとはなにもかも違っていた。絡みついた指は強弱をつけて締めつけて、からかうように根元ばかりこすったかと思えば、ぷっくり張ってしまった先端の割れ目を、くちゅくちゅと弄ってくる。

「あうっ……さ、先はっ……あ、はぁっ」

「もう汁出てきた。裏側も、筋浮いてきてるよ」

「やめっ……言わな、あっ、ああっ……や、せ、んぱいっ……」

「涼祐だよ唯智。呼んでごらん？」

かぷ、と耳たぶを噛まれて、唯智はひくつきながら喉を鳴らした。ねばついた水音をさせながら、くびれを刺激されているのがたまらない。

「……涼祐、さん……も、射精して、しまうから、やです……っ」

「出すためにこうしてるんだから、達きたくなったら遠慮しないで。素直で可愛いなあ唯智は。こんなぐしょぐしょにしてさ」

くびれの裏側をたくみにこすりながら、木野内は割れ目を広げるように指で皮を引っぱってくる。痛みにも似たむず痒さに、唯智の腰は意思に反してひくひくと揺れた。

「だめ……も、ほんと、だめっ……ん、うーっ……」

「だめじゃないって。唯智の、可愛いよ。先っぽが気持ちいいってぴくぴくしてる。いっぱい出るかな？」

「あっ……ん、ぅ、……っ、あ……ッ」

促すようにかるく締めつけられると、どくん、と脈打つ感覚がして、唯智はたまらず腰を揺らした。自分から木野内の手にこすりつけるような格好で、びゅ、びゅ、と射精してしまう。

「はっ……ん、ぅ、あっ……は、ぁ……っ」

「濃いの出たじゃん。ご無沙汰だった？」

余韻に震える唯智の分身を木野内はなおもこすり、それからてのひらを広げてみせた。白濁がべったりとついている。汚した申し訳なさと、初めて他人の手で達したいたたまれなさで、唯智は涙目で木野内を睨んだ。

「放してって言ったのにっ……先輩が、先輩がするからっ」

「だってこうやって俺の手に出してほしかったから。ローションも使うけど、これも塗ってあげるね。自分ので濡らされるとメス気分が高まるっていうからさ」

にこにこした木野内は唯智の膝を掴んで押し広げてくる。胸につきそうなほど深く折り曲げられ、左右に大きく脚をひらかれて、唯智は首をかしげた。

「なにするんですか？」

「今達ったのは、男の子としてでしょ。次は女の子扱いだよ。ここ」

「……ッ！」

「ここを、女の子の性器みたいに使ってあげる」

濡れた木野内の指が股間の後ろのほう、窄まった孔《あな》に触れてきて、唯智は息を呑んだ。

「う、うそっ……」

「嘘じゃないよ。アナルセックス、聞いたことくらいあるでしょ」

「へ、変態っ……恥知らずっ、あ、ふ、ぁッ」

性交で本来の場所でないところを使うだなんて不道徳だ、と抗おうとした唯智は、くにゅっ、と揉まれて仰け反った。襞をほぐすように弄られ、浅く指が挿入されると、ぞくぞくとした震えがそこから這い上がってきて、呆然とする。

「や、だぁっ……あ、は、……はぁっ……、あっ」

「ん、気持ちよさそうだね。浅いとこ、イイでしょ。内側にもたくさん、気持ちよくなっちゃうポイントがあるから、順番に可愛がってあげるよ」

木野内はぺろりと自分の唇を舐めた。

「わかる？　この濡れた音がしてるの、唯智の体液だよ。先走りもいっぱい出してくれたから、こんなにエッチな音がする」

「やっ……あ、は、ンあッ……あぁっ……」

わざとのようにぐちゅぐちゅと音をさせて孔の浅いところを弄られて、唯智はびくびくと震えた。木野内のもの慣れた雄っぽい表情も、言われた内容も恥ずかしい。でも一番恥ずかしいのは、かき回されるたびに強くなる、もどかしいような痺れだった。

「せ、んぱ、……っ、これ、や、……へんになっちゃ、あッ」

「変じゃないよ、気持ちよくなってるだけ。ジェル足して、奥まで入れるよ？」

左右に首を振って訴えたのに、木野内は微笑んで手際よくチューブの蓋を開けた。たっぷりとジェル状のものが絞り出されて、それが股間にぬるぬるとなすりつけられる。

「あ、……あっ、ん、入っ……あー……っ」

ずぶ、と今度ははっきり指が差し込まれて、ぐっと腰が浮き上がった。

「い、あっ……ゆび、ゆび抜い、あっ、アっ」

「ふふ、お尻上がっちゃってる。素質あるなあ唯智は。こうやってずぼずぼするの、好き？」

「き、きらっ……あ、ひ、ああッ」

ぐしゅん、と音をさせて内壁を押し上げられ、唯智は声を跳ねさせた。おなかの内側が潤んだように感じる。ありえない場所がびしょびしょに濡れていて、そこを木野内にかき回されている。いやで気持ち悪いはずなのに、木野内の指を咥えた孔から背筋を駆け上がるのは、射精する寸前の感覚によく似ていた。

「あ……っは、……あ、あぅっ、そこ、やぁっ……押さな、いでぇっ……」

「ペニスぴくぴくしてるよ。半分勃ってきた。慣れたらここだけで射精できちゃいそうだね」

こり、こり、とその部分をもてあそびながら、木野内が身体を重ねてくる。さっきよりも緑がかって見える瞳に覗き込まれて、唯智は啜り上げるように訴えた。

「先輩っ……も、やめたいっ……」

「今やめたら、唯智のほうが困るよ。ここじんじんしてるでしょ。こうなったら、たくさんかき回してもらわないとおさまらないんだから、我慢して。唯智が気持ちいい、って言えるまで指でするからね」

嬉しそうに優しげな声で言い、木野内は唇を重ねてくる。指が抜けていき、ほっとしたのもつかの間、今度は二本揃えてねじ込まれて、唯智の身体は小刻みに震えて跳ねた。

「ふむっ……ん、んーっ……は、ぅ、あ、んっ……あ、やぁあっ……」

「どう？　気持ちいい？　俺が指動かすのにあわせて、唯智のお尻ゆらゆらしてるのわかる？」

「し、しらな、あっ……ああ、ひ、や、おくいや、ああっ」

「あれ、まだいやなの？　変だなあ。好きになってほしくて弄ってるのにな。奥気持ちいい、って言ってもらえないと、やめられないんだけど。孔はとろとろになってるから、三本にしてみる？」

「だ、だめ……やめ、は、あ、……あ、ア……っ」

ぐしゅ、ぐしゅ、と抜き差しされると、下腹部が捩れるように思えて、苦しかった。おなかの奥のほうがひどく熱い。身体の制御がきかなくて、つま先までぴんと強張ったかと思うと、だらしなく溶けてしまいそうに力が抜けていく。

「いいなあ、すごいエッチな顔。……可愛いよ、唯智」

木野内は低い声で囁いて、しっとりと唇を吸ってくる。声もキスも優しいが、見つめてくる瞳は燃えるように煌めいていて、狩りをする獣のように見えるのが怖かった。

「どう？　気持ちよくなった？　指でお尻弄られて嬉しい？」

「……っ」

「まだなら、三本目入れるよ」

「ま、待っ……、あ、……あぁあっ」

気持ちいいなんて言えるわけもない。口ごもると、容赦なく三本まとめた指が突き入れられて、唯智は後頭部をシーツにこすりつけるようにして身悶えた。

「あ、ふと、い……や、くるしっ……」

「痛くないだろ？　孔、きゅんきゅんって締めつけてるよ。気持ちいいって言ってみなよ」

短いキスをあちこちに降らせながら、唆《そそのか》すように木野内が囁いてくる。ぐっと深い場所まで指が押し込まれて、唯智はぽろりと涙を零しながら唇をひらいた。

「き……きもち、い……です……っ」

「どこ？　どこが気持ちよくなってるの？」

「……お、お尻……と、おなか、おく、……あ、ふぁっ」

おずおずと口にした途端、ずっと指が抜き取られて、唐突な喪失感にため息のような声が漏れた。木野内は身体を起こして、自分のジーンズの前をくつろげる。

「想像の十倍可愛くて、たちが悪いね唯智は。……今、もっとよくしてあげるからね」

「な、……それ、……っ」

取り出された彼の雄に、唯智はびくんと竦んだ。他人の充溢した性器を見るのは初めてだったが、それでも、普通よりはずっと大きいように思う。

「まさか、それっ……僕、に」

「うん。入れるよ。女の子みたいに抱いてあげるって言ったでしょ」

ふ、と木野内は笑って、唯智の股間に自身を押し当てた。濡れた感触を楽しむように、熱い、硬く猛ったものをこすりつけられて、唯智はぶるぶる震えながらシーツを握りしめた。逃げたい、なのに、身体が動かない。

やがて張りつめた先端が窄まりに当たり、身構えるよりも早く突き立てられた。

「いっ……あ、……あ、……ッ」

びりっとした痛みが一瞬走り、続けてぬめりのあるものが、体内を逆流する感触がした。熱を持って痺れた粘膜が、熱い異物に押し広げられて、占領されていく。

「ひ、……あ、ああっ……、あ、」

息もまともに吸えないまま、唯智は自分の中に入ってくる木野内を感じていた。大きい。

それに熱くて、引っぱられるように内部が苦しくて……ぐずぐずと身体が崩れていきそうだった。

「あ、や……ぁっ……こ、こわい、……せ、んぱ、あ、ぅっ」

「先輩じゃなくて涼祐だってば……って、無理か、もう」

苦しげにため息をついた木野内は、なだめるように唯智の髪の毛を撫でてくれる。

「大丈夫だよ。ほら、こうやってくっついて、つながってるから怖くない」

「うそっ……こ、わいも、ん、……は、あん、あっ……まだ、入っ……」

「全部は無理でも、もうちょっと入らせて。よくしてあげるから」

「はぁっう、あっ……あっ」

ずくん、とえぐるように揺すられ、喉の奥から溢れるように声が出た。木野内はなおも唯智の髪を梳き、ちゅ、と耳に口づけてくる。

「そう、上手だよ。唯智は飲み込み早いよね。力抜いて、……そう、ほぅら、入るだろ」

「んーっ……は、ああっ……、は、ぁあ……つん、あっ」

「あー……唯智の中、気持ちいい。とろっとろで、入り口きゅうって締まって、びくびくって震えてて。唯智は？　どう？」

揺すり上げながら、木野内は低い声で呟いた。耳たぶを甘噛みされ、てのひらが胸に這わされて、唯智はどうしようもなく啜り泣く。

「へんっ……こんな、あぅ、おく、はぁっ……と、溶けちゃう、いや……っ」

「溶けちゃいそう？　乳首こりこりしたら、気持ちよくない？」

「あ、だめっ……あ、あぁーっ……」

きゅっと乳首をつままれ、同時にずんと奥まで穿たれて、視界がちかちかと明滅した。

ああ、とか細い声を漏らして、唯智は身体をしならせる。

「や、らぁっ……あ、動かな、い、でっ……は、ぁ、んッ」

「でもほら、奥まで突くとびくびくって……先走り、出てるよ？」

「は、あんっ……あ、や、あぅっ……ん、あぁっ」

「かわいい、唯智」

ちゅう、と唇に吸いつかれ、何度も突き上げられて目眩《めまい》がした。涙がとまらなくて、呼吸が苦しい。木野内が動くと、腹の奥底の、意識したこともない深いところから、震えと痺れと——味わったことのない快感が、甘ったるく広がってくる。

「あ……おな、か……重、い、も、むりぃっ……」

怖くて、震える腕で木野内にしがみつく。せんぱい、と涙声で呼ぶと、木野内は抱きしめ返してくれながらも、ずく、ずく、と腰を振るのをやめなかった。

「唯智、可愛いね。俺の入れたまま達ってみような。いっぱい感じてくれてるのに、唯智の半勃ちにしかなってなくて、いーっぱい汁が出てるのわかる？　女の子みたいに、ドライで達けるかもよ？」

「わ、わかんな、あっ……は、ぅっ、ああっ……、あ、あッ」

しがみついたまま首を振ると、ぐぃ、と片脚が抱え上げられ、唯智はひくりと喉を鳴らした。木野内はぎりぎりまで己を引き抜くと、弾みをつけて打ち込んでくる。

「——ッ、ひ、あぁーっ……あ、あ、ひ、ぃ、んッ」

「ッ、ほんと、とろけそ……唯智、エッチな身体だねぇ……」

息を乱した木野内が、貪るように口づけた。口の中を舌でかき回され、下半身はさっきよりもずっと深い場所まで挿入されて、意識がぐらぐらと揺れた。

「あぅ……っ、ふ、あ……、ひ、あ……ああっ、……ッ」

張りつめた木野内の先端が、内臓の奥の壁に密着しては離れ、また強く突き上げてくる。そこをめがけてピストンされると、じん、じん、ともどかしい痺れがこみ上げて、身体の内側が絞られるような、未知の感覚がした。

「や、……ら、せ、んぱ、あ……あ、ぁアァッ……！」

死んじゃう、と思った瞬間、どくん、とおなかの奥で熱が弾け、稲妻のような刺激がうなじまで駆け抜けた。背筋がしなり、声も出せず震える唯智を、木野内がぎゅっと抱きしめてくる。

「すごっ……中、吸いついてくる……」

「……っ、は、……っ、……！」

ハレーションを起こしたみたいに、瞼の裏で光が躍っていた。射精のときの快感が何倍にも増幅され、引き伸ばされたような感覚だった。ひくん、ひく、と不規則に痙攣する唯智の身体を、木野内の雄が何度も行き来し、やがて、じんわりと沁みるように熱が下腹部に広がった。

「……ごめんね。中には出さないつもりだったのに。あとでちゃんと始末してあげる」

申し訳なさそうに囁かれ、そっとキスされたが、唯智は答えられなかった。激しい耳鳴りがしていて、木野内の声がぼんやりと遠い。まだ震えている手足は自分のものではないように重たく、下半身は熱っぽく疼いていた。

「まさか、ほんとにドライで達っちゃうとは思わなかったな。……これじゃ、役得のつもりが、苦行だなぁ。惜しくなっちゃうじゃん」

木野内が苦い笑みを浮かべて、もう一度キスしてくる。短い口づけのあとで身体が離れ、彼の分身が唯智の中から出ていくと、お尻がすうっと心もとないような感じがした。

「……、せ、ん、ぱ……」

「うん？　大丈夫？　まだ蕩けた顔してるね。寝ちゃっていいよ。綺麗にしておいてあげるから」

どこか寂しげに微笑みながら、木野内は優しく唯智の髪を撫でてくれる。頭なんて撫でられるのは幼稚園の頃以来じゃないでしょうか、と唯智はぼんやり思い、だるさに負けて目を閉じた。ひどく眠たかった。おやすみ、と木野内の声がして、唇が触れてきた気がしたが、それさえもうどうでもよくて、唯智はそのまま、眠りに落ちた。

見覚えのあるような、ないような道を、唯智はひとりで歩いている。背中が重たいな、と思うと少し先に赤やピンクのランドセルを背負った女の子たちが見え、自分もランドセルを背負っているのだと気づいた。ひやっとして色を確認すると、ちゃんと黒だった。そうだ。おじいちゃんに買ってもらうとき、黒でいいねと言われて、頷いた。二度とピンクは選ばないと幼いながらも心に誓っていたから。

大丈夫、と安心したのに、まだ心臓がどきどきしていた。なんだかいやな感じがする。なんでだろうと見下ろすと、赤色のスニーカーが目に入る。男の子っぽくない色だ、と気づいてびくっとした唯智は、今度は左手に持っている道具袋がぺんぎん柄なのに気づいて立ちどまった。だめだ。叔父さんがくれた服と同じ柄なんか持っていたら、嫌われてしまう。

急いで袋を裏返すと、中からピンク色の、幼稚園のお遊戯会で着たTシャツが出てきて、唯智は焦って袋に押し込んだ。でも入らない。中から、いろんなものが出てきてしまう。ピンクのうさぎのぬいぐるみ。羊の絵本。きらきらしたシール。全部叔父さんからのプレゼントだ。はみ出し者で嫌われ者の叔父さん。

(叔父さんみたいになったら、毎日大変でつらくて、叔父さんみたいに死んじゃうのよ)

母の声を思い出し、半泣きでそれらをしまおうとしていると、足音がした。びくっと竦んだ唯智を、数人の男の子たちが笑いながら指差して追い越していく。あいつぬいぐるみ持ってるんだって。女子とばっか話して気持ち悪い。走るの遅すぎだよな。

ざわざわと何重にも聞こえる囁きに唇を噛み、唯智は道具袋を投げ捨てた。道端に転がるものを見ないように足早に歩くと、横断歩道の向こうに絵里子がいた。横には両親もいる。父も母も笑顔だった。ほっとして駆け寄った唯智に、母親が「そのほうがいいわ」と言った。

「普通で一般的なのが一番生きやすいですからね。多嘉夫《たかお》叔父さんみたいになったら大変よ?」

「大丈夫だよ。唯智は結婚するんだものな。唯智、素敵なお嬢さんと結婚おめでとう」

父には頭を撫でられて、唯智は悲しくなった。どうしよう。もう振られたなんて言えない。本当のことを知られたら嫌われて、唯智はひとりきりになって、寂しく死ぬことになる。たったひとり、冷たくて暗い場所で、誰にも気づかれないまま。

怖くなって父の手から逃れようと首を振って——唯智はそこで目覚めた。

部屋はまだ薄暗かった。カーテンの隙間からは白い光が見えて、朝も早い時間だとわかる。唯智は深いため息をついた。

心臓がどくどくと速くなっていたが、夢だったんだ、と思うとほっとする。

（いやな夢を見ちゃいました……あんな子供の頃のいやな記憶を寄せ集めたみたいな夢を見るなんて、何年ぶりでしょう）

寝返りを打とうとして、唯智は身体の半分があたたかいのに気づいた。まるで猫とか、なにか生き物がくっついて寝ているかのようなあたたかさだ。なんだか心地よいぬくもりに、もしかして、すごく長い夢を見ていたのでしょうか、と唯智は思った。

覚えている悪夢だけじゃなくて、もっと長い夢。だってそうじゃなければ、ベッドに生き物がいるみたいにあたたかいわけがない。きっと今は結婚していて、念願の猫を飼っているんだろう。ペットを寝床に入れるのは一般的に望ましくないことだとわかっているが、一度だけでもやってみたいと思っていたのだ。もし将来、結婚して子供が二人できて、猫を飼うことができたら、一度だけ、一緒のベッドで眠ってみたかった。

猫だとしたら大きい猫ですね、と手を伸ばすと、さらりと人間の肌のような手触りがして、毛のないタイプの猫なのでしょうか、と思う。唯智はどちらかといえば毛がたっぷりの長毛種が好きだけれど——お嫁さんの趣味とか。

どこかに毛が生えてないかな、と手をさまよわせて、あっよかった頭は毛が生えてるみたい、とほっとしてから、唯智ははっと目を開けた。

慌てて身体を起こすと、猫——ではなく、木野内が「うーん」と唸って唯智の身体に手を回してくる。起きた勢いで布団をはねのけたせいで、木野内も自分も、パンツひとつ身につけていないのが丸見えだった。ひっ、と息を呑み、そうして唯智は思い出した。

昨日、唯智は木野内と——セックスしたのだ。

絵里子に再び振られて、酔って、店を追い出されて、木野内の部屋に来て、女の子にしてあげる、なんて言われて。

唯智はそろそろと自分の下半身に目をやった。男性器は朝なのにくったりうなだれていたが、ちゃんとそこに存在していて、ほっとするのと同時にもやもやした気分になる。結局、女の子にしてあげるだなんて嘘だったわけだ。

ちらっと目をやれば、木野内は唯智の胸あたりに手を回して、横向きになって眠っている。いつも笑っている印象だが、こうして見ると端正な顔をしているのがよくわかった。睫毛長いですね、と思ってしまってから、唯智は首を横に振った。違う違う。睫毛はどうでもいい。即刻起こしてベッドから出なければ。

「木野内せ……」

名前を呼びかけて肩に手をやろうとして、唯智は躊躇した。起こすのは得策ではない気がする。起こしてなんて言えばいいのか。昨晩のことを非難したいが、酔っていたとはいえお願いしたのは自分のほうだ。それにつけ込むように嘘をついた木野内はずるいと思うけれど、昨日の自分は普通ではなかった。

（……女装なんて、やっぱり無理がありました。お酒だって、飲むべきではなかったです。速やかに帰宅して次の対策を練ればよかったのに、うっかり先輩の家までついてきちゃうから）

後悔しながら思い返すと、昨晩の悔しさや寂しさまで思い出されて、唯智は唇を噛んだ。酔いと勢いがなくなってしまえば、絵里子さんとよりを戻すのは無理だろうな、と唯智だって思う。もし本当に女性になったとして、絵里子は美優が好きだと言っていたのだから、あとから割り込む「女の唯智」は美優から絵里子を横取りすることになる。それが正しい行いか、と言われたら、正しくはないだろう。

絵里子と結婚する権利を主張できるとしたら、それは男の唯智で、男とは結婚したくないと絵里子が言う以上、そこで終わってしまう。

それに、万が一女性になれて絵里子と結婚できても、今度は女同士という問題に突きあたってしまうのだ。

昨日そこにまったく思い至らなかったということは、自覚する以上に酔っていたに違いなかった。

「……また、やり直しですね……」

しゅう、と隙間風が胸の中を吹き抜けて、唯智はため息をついた。

女性とつきあうのが決して得意というわけではない。おつきあいをするのが一般的だと思うから、よさそうだなと思えば声をかけたりかけられたりして、彼氏彼女の仲になるけれど、うまくいったことは一度だってなかった。おつきあいのゴールは結婚だと唯智は思うが、そもそも誰とも長続きしないし、すごく頑張って婚約までこぎつけた絵里子にも振られてしまった。

どんなに「おつきあい」が短くても、嫌われるのは大きなストレスがかかる。嫌われる可能性を考えながら好かれようとする、あの努力をまた初めから繰り返すのだ、と思うと気が重い。

ついでに、うっかり酔っ払って親しくない相手に醜態を晒したのことも憂鬱だった。

やっぱり最初は謝ったほうがいいんでしょうけど、と考えながらちらりと木野内を見ると、ばちっ、と目があった。

「おはよう唯智。悩ましい顔してどうしたの？」

「なっ……いつっ……お、起き、」

「唯智ががばっと起きたときに起きちゃったよ。普通起きるだろう、あれは」

にやっと笑って木野内は唯智を抱きしめてくる。

「どう、気分は」

「最悪です」

「えー、どこか気持ち悪い？　全部綺麗にしたつもりだけど」

引きはがそうとする唯智に逆らって腕を回したまま、木野内がきょとんとして、唯智はかあっと赤くなった。

「それは、本当にお世話になりましたけど！　でも、もとはといえば先輩が、僕がやめてって言ってもやめないのがよくないと思います！」

「それを言ったら、女の子にして！っておねだりしてきたのは唯智のほうだよ？」

「……それもご迷惑おかけしましたけど、先輩だって嘘ついたじゃないですか。女性になってません、僕」

「でもメスイキしたよね。唯智、初めてって言ってたのに」

木野内は色っぽく榛色の目を細めて、唯智はうっと言葉につまった。言われた意味がわからないが、なんだか恥ずかしい単語な気がする。

「……なんですか、それ」

「うん？　メスイキ？　普通はドライオーガズムって言うね。射精しないで達っちゃうこと」

さらっとなんでもないことのように木野内は言い、唯智は数秒考えて、内容を咀嚼して理解し、ぎゅっとこぶしを握りしめた。

「そっそんなことしてません！」

「いやいや、してたよ。俺、ちょっと感動したもん。信じられないなら、今からもう一回やってみる？」

「しません！」

本気とも冗談ともつかない顔で「んー」と唇を近づけられ、唯智は焦って木野内を押しのけた。ベッドを下りて、せわしなくあたりを見回す。

「僕の服どこですか……っ」

「女の子の服ならたたんでそっち。スーツはリビングね。皺になっちゃうと思ってハンガーに」

のんびりした木野内の言葉を最後まで聞かずにドアに向かいかけ、唯智はへたっ、と床に座り込んだ。なんだかお尻に違和感があって、足から力が抜けたのだ。

「あ、あれ？」

「力入らない？　一回しかしてないから大丈夫なはずだけどな」

木野内がベッドから出てきて、そっと唯智の肩に触れた。

「それとも立ちくらみ？　唯智、すごい痩せてるから」

「いえ、大丈夫です……なんだか違和感にびっくりして……」

ぽんぽん、と背中を優しく叩かれ、自力で立ち上がろうと腕と足に力を込めて、唯智はそこで唐突に悟った。

そうだ。なんだか当たり前みたいに抱かれたとか女の子にはならなかったとか思って普通に木野内と会話してしまったけれど、唯智は昨日、木野内の手で射精して、挙句に、お尻の孔に――木野内のものを。

「……っ」

「唯智？　震えてるよ、どうしたの？」

「――、どうしたの、じゃないです！」

憤然と、唯智は木野内を振り返った。

「人のっ……人のお尻、……勝手に……っ、は、初めてなのに、結婚してないのに！」

「勝手にっていうか、最初乗り気だったのは唯智のほうじゃん。突っ込んだのは俺だけどさー」

木野内は不満げに唇をとがらせ、唯智から手を離すと前髪をかき上げた。

「ノンケが酒の勢いで掘られてショック受けるのはわかるけど、そんな一方的に言うことないだろ。こっちにだって複雑な事情もあるんだし」

「そんなの知りません！　結婚前に、性交渉とか、間違ってます！」

「結婚前って、俺たち男同士だけど……って、唯智」

苦笑しかけた木野内が、急に真顔になった。

「唯智……まさかとは思うけど、女の子ともセックス、したことなかった？」

「――――それが、なにかだめですか」

唯智は顔を背けた。

童貞というのがある程度の年になるとまるで恥のように扱われるとしても、唯智は大勢と性的な行為をするほうが不道徳だと思うし、快楽を味わうために性行為やそれに類することをやるというのもふしだらだと思う。好きな人と、結婚してから子供を作るためにするのが正しいセックスというものだろう。童貞だというだけで憐れまれたり蔑まれたりするのはおかしいはずだ。

「でも唯智、昨日引きとめようとしてた彼女さんとは婚約してたんだろ？」

「していましたよ」

「婚約してたのに、セックスしてなかったの？」

「しつこいなあ、結婚前なんですから、当然です」

唯智がぐっと顎を引き背筋を伸ばして言うと、木野内はしばらく黙ったあと、はあ、とため息をついた。

「そうかあ……それは、なんかごめんな」

木野内は立ち上がると、ドアを開けてくれた。立てる？　と訊かれて、唯智はそろそろと立ち上がった。違和感はあるが、わかっていれば立てないことはない。

「唯智が誰とも寝たことないの、俺的にはラッキーだったけど、唯智からしたらとんだ災難だよな。彼女に振られた上に、好きでもない先輩に掘られるのが初めてなんてさ」

木野内は反省しているようで、落ち込んだような表情を浮かべていた。ごめん、と重ねて謝罪され、唯智はそれ以上怒ることもできなくなって、曖昧に首を振った。

「それは……嬉しくはない経験ですが、僕に非がなかったとは言いきれませんので、もういいです」

リビングに出ると、窓のところにスーツがかかっていて、唯智はそそくさとそれを手にした。横から木野内がパンツを差し出してくる。

「洗濯しといたから」

「……すみません」

しなくてよかったのに、と赤くなりながら、唯智はパンツを穿いた。手早くスーツを着て、鞄を掴んで、ラフな服を着てきた木野内に頭を下げる。

「あの、お詫びは後日ちゃんとします。変なことに巻き込んですみませんでした」

「なんで唯智が謝るんだよ。唯智は悪くないだろ」

「でも、昨日の僕は酔っていて、それにショックだったせいで、普通ではなかったのです。結局泊めてもらっちゃったし、その……性交のことを差し引いても、ご迷惑をおかけした事実がなくなるわけではありません。常識的に考えて、お詫びはすべきです」

「常識的かなあ……」

「希望のものがあれば買って送りますし、現金がよければ振り込みますから」

鞄を握りしめて言うと、木野内はさっきよりも落ち込んだような顔でため息をついた。

「今の台詞が一番お詫びしてほしいよ」

「え、どれです？」

「なんでもない。……じゃあ、考えておくから、連絡先教えてよ」

木野内はスマートフォンを取り出して、唯智はちょっと迷ってから頷いた。連絡先を交換するのは、この場合やむをえないだろう。

番号やアドレスを交換すると、木野内は画面を眺めながら、「じゃあ、また来週にでも連絡する」と微笑んだ。

「わかりました」

頷いて、唯智は頭を下げた。

「お邪魔しました」

「もう帰っちゃう？　朝飯作ってあげるから、食べて帰りなよ。カフェオレ淹れてあげる」

木野内にそう言われ、自然と眉根が寄った。木野内は笑っている。

「あのカフェオレボウル、大事に使ってるんだよね」

「カフェオレボウルって、まさか」

「うん。唯智が作って、俺にくれたやつ。健気だろ？」

冗談めかしてウインクされて、この軽薄な感じが嫌い、と思ったのに、なぜか、ずきん、と胸が痛んだ。

木野内は笑っているのに、どことなく寂しそうにも見えた。

「……僕はコーヒーは嫌いですから。それと、朝食までお世話になる気はありません」

つとめてそっけなく言い、唯智は背中を向けた。

歩くとやっぱり、股間から腰にかけて違和感が走る。なにか異物を咥え込んでいるような感覚にへなへなと力が抜けそうになりながら、どうにか玄関にたどり着いたところで、木野内が追いかけてきた。

「ひとりで帰れますから！」

「いや、そうじゃなくて、靴」

送ると言われると思って言った途端、革靴が差し出されて、唯智は耳を赤くした。靴を揃えながら、「送るよ、とも言おうと思ってたけど」と木野内が笑う。

「しつこくしたら唯智、無理して逃げちゃいそうだから、今日は我慢する。でももし、途中でしんどくなったらすぐ電話しろよ。行くから」

「大丈夫です」

赤くなっているだろう頬をこすり、靴を履いて、もう一度お邪魔しましたと呟いて外に出た唯智は、朝の清潔な光に、いたたまれない気持ちになった。

好きでもない人間、しかも同性とセックスして、朝帰りしてしまった。

じいん、とお尻が疼く。

「……、信じられない……」

できることなら忘れたいし、夢だと思いたかった。唯智はそこも痺れているような気がする唇を乱暴に手の甲で拭った。キスもされた。舌を入れられて舐められて、乳首をつまれて、身体を撫で回され、性器を扱《しご》かれて射精させられ、孔には指を入れられて、そうして。

（……忘れたい）

忘れたいのに、脳裏にも下半身にも、くっきりと木野内のかたちが焼きついていた。


風邪のひきはじめの微熱が、ずっと続いているようだった。きっちり締めたネクタイを鬱陶しく感じる落ち着かなさは初めて味わう感覚で、仕事の時間もそわそわしてしまう。

(あれから毎日、夜、勃っちゃいますし……もういやです)

ふう、とため息をついて、唯智は手元の資料に目を落とした。会議は毎日のようにあるが、第一金曜日には月一回の大きな合同定例会議があって、これが長くて退屈なのだ。それでも、今まではこんなにぼんやりしてしまったことはない。全部木野内先輩のせいです、と思うと恨めしくて、水曜日あたりにはよっぽど、唯智のほうから電話しようかと思った。

それくらい、不安だった。

勃起するのだから大丈夫だとは思うけれど、身体がこんなふうになったことはない。自分が女性と性交すると思い描くのも苦手だったから、自慰もほとんどしなかったくらいだ。木野内のせいで、もしかして本当に中身が女性になってしまったのだったらどうしよう。それも、ただの女性ではなくて……淫らでいやらしい女性だ。

勇気を出して昨日の夜はネットで検索してみたが、木野内の言った単語で出てきたのは過激な画像や動画ばかりで、いくらも見ないうちに動悸がしてきてやめてしまった。男の胸が女性みたいに膨らんでいるエッチな漫画まで出てきたが、あれはきっとフィクションのはずだ。何回も確かめてみたけれど、唯智の胸部は平らで、変化はない。

書類に隠れてまた胸を押してみながら、でも、と唯智は自分に言い聞かせた。

今日は金曜日だ。今夜あたり木野内から連絡があるはずで、今日か明日か明後日にでも会ってお詫びをすればおしまいになる。木野内に文句のひとつも言って、女の子にしてあげるなんて嘘でしたと誓わせて、二度と会わないことになれば、このおかしな感覚だって、不安だって消えてくれるはずだ。

ぱちぱちぱち、と拍手が起こって、唯智は惰性でそれに倣った。営業事業部長が立ち上がってなにか言いはじめ、それが終わると会議はおひらきだった。

ぞろぞろ部屋を出ていく社員に交じって会議室を出て、自席に戻ると、課長がにこにこして唯智を呼んだ。

「いやあ、どうかね。結婚式の準備は順調かな?」

眼鏡をかけた課長は温厚で人がいいとみんなに好かれている。定年前なのにすっかりおじいちゃんのような雰囲気を漂わせている彼は、唯智が「結婚することになりました」と報告したときは自分の子供のことのように喜んでくれた。結婚式に出席してほしくて、早めに報告したのに——と、唯智は暗い気持ちになった。

「あまり順調ではないです」

破談になりました、とは言えず、もごもごと答えると、課長はさらににこにこした。

「奥さんのこだわりが強いんだろう。一生に一度の二人の晴れ舞台だからね、後悔のないように準備するのはとてもいいことだと思うよ」

「……ありがとうございます」

全然違うんです、と思いつつ頭を下げると、課長はぽんぽん、と腕を叩いてくる。

「プライベートも忙しいだろうが、さっきの会議のとおりだから、うちからは舞島くんに参加してもらって、春の展示会は大きく盛り上げてくれよ」

「え？」

「さっそく過去の展示会の資料を参考にして、チームメイトと頑張って」

「え、あの」

「今日中に営業部の人から詳しい連絡あると思うから、よろしく」

よくわからないまま見返すと、課長はまた腕を叩いた。

「管理部の仕事じゃない、と思うかもしれないが、このように部署をまたいで互いの仕事に理解を深めつつ、自社の業務により愛着を持ってもらうという試みは、いいチャンスだと思うよ」

「はあ……」

「プライベートが充実しているときは仕事もはかどるものだ。舞島くんは真面目でよく働いてくれているから、僕としても期待しているが、堅物すぎるのが玉に瑕だともっぱらの評判だからね。結婚してからの悩み事を相談できるような、社内の友人を作っておくのにもいい機会だと思うから、頑張って」

温和でまっすぐな目で見つめられ、唯智は仕方なく、それでもきっちり四十五度に頭を下げて「ありがとうございます、頑張ります」と言った。

よくわからないが、春の展示会に向けてよその部署と、イレギュラーな仕事をしろということのようだ。会議を聞いていなかったのが今さら悔やまれたが、連絡が来るならそれを待とう、と唯智は思った。

気乗りはまったくしなかった。管理部は営業部の補佐的な仕事で、彼らの仕事の成果や商品の流通量などを把握し、必要であれば調整するように提案するのだが、基本的にはルーチンワークだ。出張はないし、突発的な残業も、外回りや展示会のようなイベント事にも無縁なのが気に入っていたのに。

それに、婚約破棄されました、といずれは上司に言わねばならない。絵里子のことを思い出すと寂しさがこみ上げて、唯智は自分の机で胸を押さえた。

木野内のせいで身体に変調をきたしていたから、なんとなく絵里子の衝撃は薄れていたけれど、破談になったんだ、と改めて思うとやっぱり寂しかった。

寂しいのは嫌いだ。そばに誰もいないのは、自分が好かれていない証拠だから。

もやもやした気分を持て余して何回も胸に触っているうちに十二時をまわって、なにもできなかったと思いつつ外に出た。

ビジネス街のランチタイムはいつも賑やかで混雑していて、通りにもスーツ姿が溢れている。揃いの制服を着た女性の二人連れが楽しそうに唯智を追い越していき、唯智は彼女たちの後ろ姿を見送った。

友達同士だろうけれど、もし「恋人同士です」と言われたら、今の唯智は納得してしまうと思う。彼女たちだけじゃなく、向こうのスーツ姿の男性二人連れも、あるいは女性と男性の二人連れも――みんな、ちゃんと自分にぴったりな相手と過ごす幸せな人に見える。

「もう、いないんじゃないでしょうか……」

自分がもたもたしているあいだに世間の人は自分の相手を見つけてしまっていて、もう誰も唯智には残っていないんじゃないだろうか。

唯智は首を振ってその湿っぽい考えを振り払い、うどん屋に入ってスマホを操作した。常識的に考えて、誰もいないだなんてありえない。こういうときこそ結婚相談所を使うべきではないだろうか。今まではひとり終わるとすぐ次につきあう女性が見つかっていたから、必要性を感じなかったが、そういうシステムのほうが効率的なはずだ。

最初からそうすればよかったです、と思いながら検索したサイトを見てまわっていると、スマホが震えて木野内からのメッセージが届いた。

『今日の夜八時、ディンブラっていうバーで待ち合わせでいい？　都合が悪かったり、時間に遅れそうなら連絡ちょうだい』

添付されていた店の地図を確認して、また新宿二丁目ですか、と唯智は顔をしかめたが、かわりの店を指定するのも面倒で、「わかりました」と返信した。木野内と顔をあわせるのは気が進まないが、女性化の真偽について問いただきなくてはならないから、致し方ない。

店員がうどんを運んでくるより早く、木野内からはまたメッセージが入った。

『楽しみにしてる』

(僕は全然楽しみじゃないです)

ぎゅ、と眉を寄せて唯智はスマホの画面を消した。どうしてか先週の別れ際の、少し寂しそうな木野内の笑顔が思い出されて、胸がむずむずした。まるで緊張しているときみたいです、と唯智は思う。

(先輩って、あんな感じの人でしたっけ。七年も経ってるんですから変わっていて当然ですが……僕とは気があわないとわかっているのに、楽しみにしてる、だなんて)

それに、先週末のあれこれだって、店の前で放り出されても唯智は文句を言えない立場だったのに——あんなに親切な人だっただろうか。

昔と雰囲気が違う気がするから緊張してるんですね、と唯智は思うことにした。決して先週のいかがわしい行為を思い出してしまうからじゃないです、と考えた途端にぼうっとみぞおちが熱くなり、唯智は慌てて箸を手に取った。

届いたうどんに「いただきます」と手をあわせ、黙々と口に運ぶ。喉からおなかまでがじりじり熱い感じがするのは、きっとうどんのせいだ。

「あちっ」

急いでうどんを啜ったら熱い汁が跳ねて、唯智はますます顔をしかめた。火傷した。木野内先輩のせいで。先輩のせいで！

（もう絶対、お酒は飲みません）

汁の飛んだ頬がかっかと熱かった。きっと真っ赤だろう。でもそれも火傷のせいだし、つまりは木野内のせいで、会ったら一言、いや五言くらいは文句を言ってもばちは当たらないはずだ。体調がずっとおかしいせいで不安な気持ちになった分も、いっそ今すぐ文句を言ってしまいたい。

唯智はむっすりした顔でスマホを取り出し、通話マークを押そうとして——どうにか思いとどまって、ため息をついた。

「やっぱり、僕、おかしいです」

普段の唯智だったら、いやなことがあっても文句を言うために電話をかけたりしない。性格まで変わったんだろうか、と思ったら、不安を通り越して怖くなった。

同性と不道徳なセックスなんて、やっぱり許されないことだったのだ。

改めてうどんを口に運びつつ、これからは心を入れ替えよう、と唯智は思った。今はまだそんな気分になれないけれど、結婚相談所に登録したら、ちゃんと頑張らなければ。

ぼんやりして仕事に身が入らないだなんて社会人として失格だし、こんなことで模範的な幸せを逃すなんてもってのほかだ。

仕事を定時で終わらせ、かるく食事をして向かったバーは、覚悟していたものの、男しかいなかった。待ち合わせで、と告げるとカウンターに案内され、唯智は緊張しながらスツールに腰かけた。

（す、すごい……端の二人、両方プロレスラーみたいなのに、いちゃいちゃしてます……）

仄暗い店内はどこか淫靡に思えて、唯智は背中を汗が伝うのを感じた。違う店にしてもらえばよかった。

「なにかお飲みになりますか？」

すっきりした風貌のマスターが優しく微笑んでくるのさえあやしく見える。唯智はモスコミュールをオーダーして俯いた。顔を上げているとカウンターの端にいるカップルが顔を寄せたり背中に手を回したりするのが見えてしまうのだ。二度とアルコールは口にしないつもりだったが、今日は仕方ない、と思うしかなかった。

俯いていても、声は聞こえてくる。どちらも低い男性の声で、思い描いたようなオネエっぽい口調ではなかったが、いかにも仲むつまじそうなやわらかなトーンのやりとりがいたたまれない。

「それは僕も気をつけておかなきゃいけなかったし、テルくんの気にすることじゃないよ。お仕事忙しいんだから」

「ほんと、今年も迷惑かけちゃってごめんね……。落ち着いたら旅行にいかない？　伊豆のほうとか」

「ん、いいね。泊まりで出かけるの久しぶり」

ふふっと笑う声に、ちゅ、と音が混じる。キ、キスしてます、と唯智は青ざめた。

(信じられません……そんなに明るくないとはいえお店のっ、人目のあるところで……いかがわしい……っ)

お待たせしました、とモスコミュールを差し出され、唯智はぐびぐびそれを飲んだ。一息に飲み干しても、いたたまれなさはまったく薄れず、おかわりくださいと頼んでカウンターの端をぎゅっと握ると、「きみ、大丈夫？」と声がした。

「もしかして、こういうお店初めてなの？」

低くやわらかいトーンに、ぎぎぎぎ、と首を回すと、カウンターの端の二人連れの、眼鏡をかけたほうが、いつのまにかそばに来ていた。眼鏡なのに半袖のTシャツから伸びる腕は筋肉がむきむきで、肩に触られそうになった唯智はあからさまに身体を引いた。

「大丈夫です！」

「そう？　そんなに緊張しないで大丈夫だよ、みんな優しいから。ほら、俺は彼氏がいるしね」

「こんばんはー」

にこっとした彼の後ろから髭面の男が顔を覗かせて手を振ってきて、唯智は顔を背けた。

「大丈夫なので、放っておいてください！」

「あー、みっくんにその態度はないだろ。僕たち心配して声かけてあげたのに」

奥に座った髭面のほうが、心外そうに声をあげた。テルくんやめなよ、と制止する眼鏡の男にかまわず、唯智を睨んでくる。

「そんなにつんけんしなくたっていいじゃない。誰も襲わないよ。全然慣れてなさそうだし、男らしくもないし」

「そうかな。俺はけっこうタイプだけどな、こういう子」

急に後ろから声がしたかと思うと、するっと肩に手が回って、唯智はびくりと竦んだ。嗅ぎ慣れない香水の匂いをさせながら、派手めなスーツ姿の男が顔を覗き込んでくる。

「見てよ、この真面目そうな感じ。こういうタイプって、ベッドでは意外と乱れたりするんだよねー。どう？　俺ならきみの初めてをいい経験にしてあげられるけど」

得意げな表情で投げキッスされて、目眩がした。キザすぎる。じんましんが出そうなくらい苦手な人種だった。

不快感で黙り込んだ唯智を見て、キザな男はふふふ、と笑った。

「緊張しちゃって声も出ないの？　震えてるね。うぶだねえ、可愛いよ」

「……っ」

あろうことか耳元に唇を寄せられ、突き飛ばそうとした瞬間、店のドアが開く音がした。

いらっしゃいませ、とマスターの冷静な声が響く。興をそがれたようにキザ男が振り向き、唯智もつられて目をやると、入ってきた木野内と目があった。

木野内は明らかにむっとした様子で眉根を寄せ、大股で歩み寄ってくる。

「人の連れに触らないでくれる？」

「えー、なんだぁ、リョウくんの新しい彼氏だったんだー？」

髭面氏が楽しそうに声を弾ませて、唯智は複雑な気分で唇を結んだ。キザ男は「ひとりだと思ったから声かけただけだって」と笑いながら離れていき、かわりに木野内が背中に触れてくる。

「ごめんね遅れて。出ようとしたら取引先から電話かかってきちゃって」

「——仕事なら、致し方ありません」

つん、と唯智は顔を背けた。

「でも、こんな店待ち合わせに使わないでほしかったです。人前でいちゃついたり、いきなり触ってきたりする、節操なしな人間ばっかりのところだなんて」

憤然と言って二杯目のモスコミュールに口をつけると、キザ男が不満そうに言った。

「なんだよ、俺だって緊張ほぐしてやろうと思っただけじゃん」

「そうだよ、ケンは手は早いけど悪い男じゃないよ？」

髭面もうんうんと頷くので、唯智は順番に彼らを睨みつけた。

「頼んでませんし、いやらしいこと言ったじゃないですか！　襲う気だったくせに！」

叫ぶような唯智の声に、カップルの二人は顔を見あわせ、キザ男は肩を竦めた。木野内はため息をついて、「浜崎さん、ごめんね」とマスターに謝ってから、唯智に紙袋を差し出した。先週、唯智が女物の服を入れていた、木野内の家に置いてきた紙袋だった。

「そんなに俺たちが信用できないなら、これに着替えてきなよ。ここの店は男のままの男が好きな人間が来るところだから、女装してれば絶対襲われないよ」

唯智は紙袋と木野内を見比べて、店内を見回した。ゲイカップルとキザ男だけでなく、優しそうなマスターも男が好きな人なのか、と思うと、一瞬だけ背筋がぞくっとした。木野内に襲われたみたいに、丸め込むように手を出されたらと思うと怖い。

「……着替えてきます」

女性の格好はいやだが背に腹は変えられないと、唯智は紙袋を受け取った。店のトイレにこもって着替え、裸足にハイヒールは履き心地が悪いですね、と思いながら店内に戻る。

「わぁ」と眼鏡の男のほうが歓声をあげた。

「可愛いじゃん。リョウの彼氏にしては珍しいタイプじゃない？」

「彼氏じゃないです」

「口のききかたは可愛くなーい。あとみっくんもデレデレしないでよ。たしかに似合ってるけど」

髭面が顔をしかめながら眺めてきて、唯智はスカートを押さえながらスツールに座り直した。

「似合ってないと思います。化粧してないし」

「へー、普段は化粧もするんだ。男の娘《こ》ってやつ？」

キザ男までカウンターに移動してきて、唯智は眉をひそめつつも首を横に振った。

「普段とか言わないでください。普段からこんな非常識な格好してません」

「でも似合ってるっていうか、板についてる感じだよ」

「だよねー、着慣れてるかどうかって、意外と見てわかっちゃうもの」

「――」

キザ男とゲイカップルが頷きあって、唯智はふと不安になった。そんなに似合っているのだろうか。ウイッグも化粧もなしなのに。

（まさか……やっぱり、中身が女性化しているせいで服も似合っちゃってるんでしょうか）

慌てて胸を触って、大丈夫膨らんでない、と確認してから、唯智は木野内のほうに身を乗り出した。

「あの、女の子になるって嘘ですよね？」

「え？　唯智、まだそれ気にしてたの？」

木野内がめんくらった顔をした。唯智は「だって」と唇をとがらせる。

「だって、変だったんです」

「変？」

「はい。身体が——」

ずっと熱くて、毎日勃起してしまって、と言おうとして、ゲイカップルもキザ男もこっちを見ていることに気づき、唯智はぱっと赤くなった。

「いえ、たぶん大丈夫だとは思うのです。熱かったのは知恵熱的なことであり、決して僕が好ましくない行為に目覚めたとかでは……」

「熱い？　熱が出たの？」

木野内は心配そうに覗き込んでくる。

「具合悪かったなら連絡くれればよかったのに」

「そんなことは……できません」

「今日ももしかして調子悪い？」

額にひんやりした木野内の手があてがわれ、唯智はますます赤くなった。

「だっ、大丈夫ですっ。ただ、本当に女性になっちゃって、生殖機能がなくなったら困ると思ってですね」

「あー、そういう心配してたんだ」

手を離して、ついでのようによしよしと髪を撫でながら木野内が苦笑した。

「そっちはなくならないよ、たぶん。ただ、女の子とエッチできなくなっちゃう可能性はあるけど」

「そんな……どうしてですか？」

全然安心できない、と唯智は木野内を見つめた。木野内は楽しげに目を細める。

「だって、俺とするほうが気持ちいい、って思ったら、女の子とできなくなるでしょ？」

「……っ、そんなの、比べたことないからわかりません」

むっとして唯智は木野内の手を振り払った。人が真面目に心配しているのに、ちゃかすようなことばかり言うのは不謹慎だ。

「ほんと、先輩は適当ですよね。人が一週間も、毎日毎日思い出してしまって不安だったのに、そういう冗談ばっかり」

「へえ、思い出してくれたんだ？　俺とエッチしたこと」

「――っ」

にやっ、と木野内が笑って、唯智はしまった、と顔を逸らした。これでは自分が非常識な節操なしみたいだ。

「お、思い出したのは先輩のことじゃないです」

「なにを思い出したわけ？」

「それはですね……ええと……」

こういうとき、咄嗟に嘘がつける性格だったらよかったのに、と唯智は自分を恨んだ。もごもごと口ごもってしまうと、木野内がぷっと噴き出した。

「唯智の、そういうとこ可愛いんだよなー」

くしゃっと髪を撫でられて、唯智は仰け反るようにして逃げた。

「やめてください。先輩はすぐ触りすぎです。昔っから人のこと、馴れ馴れしく触ってましたよね」

「親しみを込めてたんだよ。それに、見境なく触ってたわけじゃないよ？」

なぜか機嫌のよさそうな木野内は、唯智の露骨にいやがる態度にも穏やかな笑みを浮かべている。

「唯智のことは、触りたくて触ってた」

「――よけいにたちが悪いじゃないですか」

またただ。ちょっとだけ寂しそうな、どこか痛むのを我慢してるみたいな笑い方をされると、唯智まで胸が痛くなる。

唯智が顔をしかめると木野内は嬉しそうな表情になった。変な人、と思いながら、唯智はモスコミュールを飲む。横で聞いていたゲイカップルが、二人揃ってため息をついた。

「ちょっとみっくん、聞いた？」

「聞いてた。さすがにおなかいっぱいだよね」

「リョウくんにあんな顔させて、自分たちだっていちゃついてるじゃん。あーやだやだ、人には『いちゃついてる』とか文句言ってた人がこれだもん」

「ノンケってたち悪いよね」

うんうん、と頷きあう二人が意味ありげに見てきて、唯智はむっとして見返した。

「なんですか。僕のことですか？　たち悪くないですよ。すごくいいです」

「自分で言われてもねー」

肩を竦めた髭面氏は、もう一度ため息をつくと眼鏡の彼の肩に手を回した。

「みっくん、帰ろう。僕もいちゃいちゃしたくなっちゃった」

「ん、そうだね。俺も」

にこっとした眼鏡氏が頷いて、ちゅ、と二人はキスを交わす。ごく自然な仕草に息を呑んだのは唯智だけだった。お会計ね、と声をかけられたマスターは微笑みながら応対し、会計をすませた二人はキザ男のケンにも「またね」と手を振って、仲むつまじく出ていく。

見送った木野内は、カウンターに向き直るとしみじみ言った。

「テルさんとみっくん、相変わらず仲がいいよね」

「もう長いですよね。すっかりご夫婦みたいで」

マスターが手際よく作業しながら頷くと、ケンもカウンターに肘をついて「いいよなー」と言った。

「大恋愛の末にお互いこいつしかいないって決めて、一緒にいられるのって一番幸せなことだよな」

「ケンさんも、そんなふうに思うことあるんですね」

「あ、マスターひどい。恋多き男は寂しがり屋なんだぞ」

ケンは拗ねたように言い、マスターは彼の前にお皿を差し出した。

「どうぞ。いつものアラビアータです」

「やったーマスターありがと。もう俺マスターのお婿さんになりたい」

ころっと楽しげになったケンにマスターは微笑して、唯智と木野内にも同じものを出してくれた。

「僕、頼んでないです」

「そう言わずに、マスターは料理も上手だから食べてみなよ」

断りかけると木野内がフォークを差し出して、唯智は仕方なく受け取った。辛いものは苦手だし、軽く食べてきたから食欲はないのだが、おそるおそる口に運んでみると、見た目のわりに辛すぎず、濃厚なトマトの味がした。

「……おいしいです」

「口にあってよかった。これね、テルさんとみっくんさんが喧嘩して、別れそうになったときに出したメニューなんですよ。だからみなさんも、素敵な恋が成就しますように」

穏やかなマスターの声に、ドアから出ていく二人の後ろ姿が思い出された。どちらもがっしりしていて、お揃いの服を着ているわけでもないのに似たような雰囲気を醸し出す後ろ姿。

彼らを認めるのは唯智の中では難しいことだが、それでも、彼らのほうが自分よりもずっと幸せだろう、とは思う。唯智の常識では彼らのほうがずっと生きにくくて、孤独に死んでしまう確率だって高いはずなのに——今ひとりきりなのは、唯智のほうだ。

「——喧嘩して、別れそうになっても、やり直せることってあるんですね」

唯智は今までつきあった女性と喧嘩したことはない。怒らせたり呆れられたりしたことは何度もあるけれど、そうなるとすぐに別れを切り出されて、唯智は「わかりました」と受け入れるだけだった。追いすがったのは絵里子だけだ。

「例の彼女さんなら、やり直せないと思うよ。かわいそうだけどさ」

アラビアータを食べながら、木野内が真面目な声で言った。わかってます、と唯智は目を伏せる。

「絵里子さんとやり直せるとは、もう思ってないです。でも……僕、今までは不仲になったら別れてそれっきりだと思っていましたから。もしかして、そういう態度がいけなかったのかなと思って」

真面目で品行方正で、誰にも非難されない生き方をしていても、結婚できるとは、恋が成就するとはかぎらないのだ。すごく不条理だと思うけれど。

「僕、どうしたらいいんでしょう」

おいしいアラビアータを一口食べて呟くと、木野内がじっとこちらを見るのがわかった。

「唯智は、どうして結婚したいわけ？」

「どうしてって……それが普通だからです。望ましい、大人として人間としての務めで、その務めを果たすのが幸せになる条件だと思います。僕は幸福になりたいので」

だってはみ出したら、愛してくれるはずの家族からも見放されて、生きるのがつらくて、死ぬときは惨めで寂しい。唯智はそう信じているから、どうしても普通でいたいのだ。

「幸せになりたいのはみんな同じだから気持ちはわかるよ。よく恋愛と結婚は別っていうしね……でも、唯智のは恋愛はいらないみたいに聞こえるね」

木野内は咎めるでもなく、むしろ優しい声で言った。唯智は首を横に振る。

「そんなことは言ってません。好意がなければ、一緒に生活していくのは難しいでしょう」

「じゃあ今までつきあってきた女の子と、ちゃんと恋愛してた？」

「していたと思います、が……ちゃんとというのは、どういう定義でしょうか」

改めて訊かれると自信がなくなってくる。少なくとも、テルさんみっくんのように、キスしたり手をつないだりはしなかったし、喧嘩しても一緒にいたいと思った相手はひとりもいない。

でも、訊いてくる木野内だって、「ちゃんと」恋愛をするタイプには思えない。唯智の知る限り、つきあっては別れるのを短期間に繰り返していたのは木野内も同じだ。

木野内は「そうだなあ」と遠い目をした。

「どうしても顔が見たくて、相手のいそうな場所に行っちゃったりとか、会えたら嬉しくてめちゃくちゃ元気になったりとか。些細な言葉をずーっと覚えてたりとか、抱きしめたくてたまらなくなったりとか、でもできないから、こっそり髪の毛触ったりとか」

「それは不審者ではないですか」

顔をしかめると、木野内は「ひどいな」と苦笑して、唯智を見つめて目を細めた。

「あとは、偶然会うとすっごいどきどきしたりとかさ。まだ恋人にもなれてないのに、ほかの男に触られてるのを見ると嫉妬しちゃったり」

ずいぶんと実感のこもった言い方に聞こえて、唯智はなにも言えなくなった。木野内の向こうで、ケンが微妙な顔をして「うわー本気じゃん……」と呟いているが、唯智には意味不明なので気にしないことにする。

そんなことより、もし木野内の言ったような状態が「ちゃんとした恋愛をしている」のであれば。

「……そうしたら、たしかに僕は、恋愛はしていないかもしれません。そんな正常でない状態になったことはありませんから。でも、聞く限りあまりいい状態だとは思えません。自分本位で不審者のような行動は慎むべきではないでしょうか」

「慎むべきでも理性が働かないのが恋なんだよ。ねえケンさん」

木野内が振ると、ケンも大きく頷いた。

「そうだよー。俺、めっちゃ電話とかしちゃうもん。会えなくてもせめて声が聞きたいでしょ。あとは夜眠れなかったりもあるよねー。いろんな意味で」

「ケンさん、下ネタはだめですよ。リョウさんと唯智さんは真面目にお話しされてるんですから。――でも、わけもなくくっつきたくなったりしますし、望みはないとわかっていても諦められなかったりしますよね」

マスターにまでしみじみと言われて、唯智は胸に手を当てた。どきどきするのは緊張したときくらいだ。会いたくてたまらないと思ったって相手の都合もある。わがままを言うほうが迷惑で相手の好感を損ねてしまいそうなのに――そう考えて、会いたくてたまらないことなんて、今まで一度もなかった、と気がついた。

「僕には、わからないです。会いたくてたまらないだなんて、思ったこと……ない」

自分が劣等生になったような気がして、声が小さくなった。非常識で迷惑な状態にならないと恋じゃないなんて、とても自分にはできる気がしない。

肩を落とすと、木野内が「じゃあさ」と朗らかに言った。

「こうしようよ。唯智にしてもらうお詫び、デートにしようと思ってたんだけど、三か月くらい恋愛ごっこしない？　キリのいいところで、クリスマスまで」

「――――は？」

単語がいちいち理解できなくて、唯智はぽかんと木野内を見た。お詫びがデートの時点ですでに意味不明なのに、恋愛ごっこって。

木野内はにっこりする。

「だからね、唯智は練習だと思って、俺を誘惑するの。唯智は俺のことが好きな設定で、どうしても俺とつきあいたくて、できれば結婚したいと思ってるから、デートに誘ってくれたり、自分を好きになってもらえるように努力するんだ」

「……その設定には無理がありますし、だいたいその行為に三か月もかけるメリットが僕にはわからないのですが」

木野内がなにを考えているかよくわからず、唯智は警戒しながら彼を見返した。木野内は思わせぶりに微笑む。

「メリットはあるでしょ。次にどうしても結婚したい人ができたときの予行演習ができるじゃない」

「それは……そうかもしれませんが、木野内先輩にとっては迷惑なのではないでしょうか」

「実は俺も、結婚しようと思ってるんだよね」

「え？」

さらりと言われて、唯智はびっくりして目を見ひらいた。木野内は残りのアラビアータを平らげながら「そんなに驚かなくても」と笑う。

「唯智だって結婚考えてたくらいなんだから、俺の年なら普通でしょ。一般的」

「それは……そうですね。常識的です」

「まっとうに女性と結婚してあったかい家庭でも築こうと思ってるから、そのまえに思い出作りしたかったんだよね。ノンケの後輩とラブラブするのも悪くないかなって」

「ラブラブ、って」

唯智はなんだかいたたまれない気持ちになって俯いた。おかしくないでしょうか、と思う。性的嗜好を封印して結婚する前の思い出作りなら、本当に好きな人と過ごすほうがいいはずだ。関わりの薄い後輩なんかではなく。

（……まさか、先輩が僕を好きとか。いえ、でも、そんなはずはないですよね）

ありえない、と思っても、急に心臓がどきどきしてきて、唯智はどうしていいかわからなくなる。他人に好意を寄せられて断ったことはない。でも、同性は初めてだし、それに同性の中でも木野内は苦手な部類なのだ。

「あ、言っておくけど、唯智のことはタイプじゃないから」

これもまたなんでもないことのように、木野内があっさり言った。

「俺はね、年上で、遊び慣れてる美人が好きなんだよ。だから唯智には相当頑張ってもらわないと、好きにはなれそうもないんだけどさ」

「——だったらほかをあたってください」

どうやって断ろう、と一瞬でも真面目に悩んだ自分が馬鹿みたいだった。だが、たしかに好かれる理由もないし、好かれていると思えるような態度を取られたこともなかったはずだ。恥ずかしさもあってことさら冷たい目で睨むと、木野内はへらりと笑う。

「だってつきあってた人と別れたばっかりで、新しく探すのは面倒だしさ。唯智なら知らない仲じゃないし、唯智がどういうおつきあいするのか興味ある。面白そうじゃん」

「面白いかどうかなんていう判断基準はいい加減すぎます。……先輩のそういういい加減なところは、全然変わらないのですね」

「唯智、昔っから俺のこと嫌いだもんな」

硬くなった唯智の声にも、木野内はこたえたそぶりも見せなかった。楽しげに目を煌めかせて、唯智の顔を覗き込んでくる。

「唯智は嫌いな先輩を落として、俺が好きになっちゃったら思いっきり振ればいいよ。タイプじゃないって公言してる不真面目な男も落とせたら、きっとすごく自信つくよ？」

そんなことしなくたって平気です、と言いたかったが、絵里子のことを考えたら言えなくなった。たしかに、練習や下調べは何事も大切だ。恋愛だって、初めてする前に予行演習するのは理にかなっているかもしれない。

よし、と唯智はこぶしを握る。

「では、努力しますね。恋愛の練習として、先輩が僕を好きになるように頑張って、クリスマスに結果が出るということで――でも、僕に振られるのが思い出って、先輩は変わってますね」

「いいんだよ」

木野内は唯智の手元のモスコミュールを取ると、残っていた分を飲み干した。

「今までの生活は完全に終わりだ、って思い知るにはぴったりだろ」

「先輩がいいなら僕はかまいませんけれど、勝手に人のもの飲まないでください」

油断も隙もないんだから、と思いながら唯智が睨むと、木野内はぽんぽんと頭を撫でて立ち上がった。

「じゃ、さっそく俺の部屋に行こうか」

「え、今からですか!?」

「言ったでしょ。俺は積極的で慣れてる人が好きなの。できないって言うなら俺は唯智のこと好きになれないから、唯智は練習できないまま、好きなだけ失敗すればいいよ」

「……そんな」

「それとも、自信ないからやめておく？　もう一回エッチしたら女の子になっちゃうって心配してるとか？」

　完全にからかう表情で木野内が言い、唯智はむっとして立ち上がった。

「こう言ったらなんですが、僕は努力家なほうですから！　毎日勃起だってしてしましたし、胸も膨らんでませんからご心配なく！」

「はは、そりゃよかった。そのまま行く？　着替えてくるなら行っておいで」

　肩に触れられて、唯智はそうだった、と自分の身体を見下ろした。女装しているのを、すっかり忘れていた。急いでトイレに逃げ込んで、スーツに着替えて戻ると、カウンターでぐったりしていたケンが、疲れた声で言った。

「白状すると唯智くんみたいな、きりきりっとしてるつもりの小型犬っぽい子ってめちゃくちゃタイプなんだけど」

「……なんですかそれ。失礼なこと言わないでください」

「でも戦う気力がそがれたから、頑張ってよ。もうおなかいっぱい」

「？　そうですか。よくわからないですが、ありがとうございます」

アラビアータはそんなにボリュームなかったですけど、と思いつつ、唯智は三十度の角度できちんと会釈した。戸口で見守っていた木野内に手招きされ、連れ立って外に出る。

「お会計、いくらでした？」

「今日は呼び出したのに遅れちゃったから、その分ってことでおごり。アラビアータはマスターのサービスだったし」

「……それでは、ご馳走になります。ありがとうございました」

頭を下げたら、木野内が手を差し出してきた。怪訝に思って見返すと、「手つなぐよ」と言われてしまう。唯智は眉をひそめたが、思い直して彼の手を握った。

ここは新宿二丁目だから、男同士でも目立ちはしない。それに、やると決めたからには、ちゃんと結果を残したいし、木野内は積極的なのが好きだと言っていたから、つないだほうがいいのだろう。手をつなぐ意義が唯智には皆目わからないけれど。

慣れている態度慣れている態度、と心の中で唱えながら握った手はあたたかかった。きゅ、と唯智の指を握りしめた木野内が、じっと見下ろしてくる。

「唯智、彼女と手はつないだことあったの？」

「……それはもう。たくさんつないでいました。毎日のように」

「そっか。慣れてるわけね」

笑いを噛み殺した声で木野内が言い、本当は初めてだと見透かされている恥ずかしさに、唯智は敢えてぎゅっと握り返してみせた。

(こんなの、ただの皮膚の接触ですから。生殖目的ではない性行為だって、同じですよね)


一週間ぶりの木野内の部屋は、前回よりもなんとなくよそよそしく感じた。

二回目なのにどうしてだろう、と考えて、たぶん前回ほど酔っていないのだ、と気づく。海のような色のソファーもオフホワイトの壁の色も、飾られたモノクロ写真もくっきりリアルだ。現実なんだと実感すると、とんでもないことをやりかけている気がしてきて、唯智は後悔しそうになった。こんなことしたら、引き返せないのではないか。

「唯智、先に渡しておくね」

木野内に手を差し出されて、唯智は咄嗟に受け取った。てのひらに載せられたのは銀色の、これといって特徴のない鍵だ。

「自分用のスペアキーだけど、とりあえずそれ使って」

「使うとは、どういう意味ですか？」

「そのままだよ。クリスマスまで三か月弱しかないからさ、同居しちゃったほうがいいと思って」

「同居……!?」

そんないきなり、と目眩を覚えたが、木野内はさもそれが当然、という顔をする。

「だって、つきあってると一週間ずっと相手の家にいるとかよくあるでしょ？」

「ありません」

「同居したって、唯智がそうしたいなら自分の部屋に帰る日があってもいいんだし、できるだけ長い時間一緒にいるほうが、俺に唯智のこと好きにならせるのに効率がいいと思う」

「同居が効率がいい、の意味がわかりません」

「だって同居してたほうが、一緒にごはん食べたりお風呂入ったりしやすいしさ」

「――待ってください」

さっきよりもさらに強い目眩に襲われて、唯智は呻きそうになった。

「食事はともかく、なぜお風呂が一緒なのですか。ありえません」

「えっ、入るでしょ普通……あ、そっか、唯智、経験ないのか」

思い出した、というようにはっとした顔をされて、唯智は唇をへの字にして木野内を睨んだ。

「そのように不必要で破廉恥な行為は結婚後だとしても望ましくないと思います」

「いやいや、だって温泉とか銭湯とかあるでしょう」

「——それは、そうですけど……あれは公共の広い浴場での行為であって、個人宅の浴室の広さ的に……」

「裸のつきあいっていうしね。せっかくだから、今日一緒に入ってみようよ。エッチしたあとで」

木野内が爽やかに笑い、唯智の手を引いた。寝室のほうに引っぱられて、唯智は思わず抗った。

「あ、あのっ……僕と木野内先輩は、まだおつきあいしていないという設定ですよね。おつきあいしていないのに性行為はおかしくないでしょうか」

「俺はつきあう前に、つきあえるかどうか確かめるためにセックスしたりするよ」

ドアを開けながら木野内は言う。

「だって俺にとっては恋愛とセックスは不可分だもん。エッチが先でもあとでもいいけど、大事なことだろ？　身体の相性だけじゃなくて、セックスしたくなるかどうかって、恋愛と友愛の差じゃない？」

「そ——それは同意しかねます」

「そうかなあ。唯智の考え方と大差ないと思うけどな。友達だけどセックスしちゃう、好意もないのにセックスだけします、っていうよりいいでしょ？」

そう言われると反論できなかった。ぐぐ、と眉根を寄せて考えているうちに寝室に引っぱり込まれ、ベッドに座らされて、唯智は身体を強張らせた。肩に手をかけた木野内が、困ったように小さくため息をつく。

「唯智がどうしてもいやで怖いなら、やめてこの話はなかったことにするけど、どうする？」

真面目な声で問われて、唯智は俯いた。

続けたらきっと後戻りできない。木野内と恋愛の練習をするのは正しいことかどうか、できればじっくり調べてから臨みたいけれど。

(でも、誰にも嫌われないで幸せになって、死ぬまで心穏やかに過ごしたいもの。そのためなら、努力は惜しみません)

「——大丈夫です。やります。僕、もう失敗したくありませんから」

唯智は顔を上げて木野内の目を見つめた。

「精いっぱい頑張るので、先輩からもいろいろご教示いただけたら嬉しいです」

「……うーん、『初めてだから先輩が全部教えてっ☆』のよさがわからないと思ってたけど、唯智のその口調はぐっとくるね……」

木野内はなぜか気まずそうに視線を逸らし、それからそっと唯智をベッドに横たえた。

あっと思う間もなく、ネクタイに指がかかってゆるめられ、唇がふさがれる。

熱っぽく吸われる感覚に、ざわっと産毛が逆立った。木野内の重みがのしかかってきて、喉元からボタンが外されていくのが、たまらなく恥ずかしい。

「唯智からも、キスしてみてよ。俺が舌入れたら、唯智も舌動かして」

服を脱がせていきながら、木野内が低い声で囁いた。唯智は恥ずかしさと緊張で震えが起こるのを感じながら訊き返した。

「キスで舌を挿入するのは、一般的な行為なんでしょうか……」

「そうだねえ、セックスのときは。特別な感じがするでしょ。——あれ、もしかしてキスしたこともなかった？」

「それはあります。ただ……相手からの不意打ちで、触れるだけのものでした」

むっとして言い返すと、そうか、と木野内は嬉しそうにした。

「唯智も女の子相手では主導権握ることになるんだろうから、積極的なキスくらいは練習しとくといいよ」

「なるほど……わかりました」

木野内の言うとおりだと思えたので、もう一度キスされ、舌を差し入れられると、唯智は頑張って自分からも舌を伸ばした。舌と舌が触れあい、ぞくぞくした感覚が背筋を走る。

「ん、むっ……ん、ぅ……っ」

「上手上手。唯智の舌、ちっちゃくて可愛いね。出してみて？」

「こ、うですか……？」

舌が恥ずかしい器官だなんて思ったことはなかったのに、かあっと赤くなりながらちょっとだけ舌を差し出す。木野内がちゅるりと吸いついてきて、びくん、と身体が跳ねた。

「んんっ……んーっ……ぅ、はぁっ、あ、せ、んぱい」

「涼祐って呼ばなきゃ。次間違えたらお仕置きしちゃうぞ」

冗談めかして言いながら、木野内ははだけたシャツを唯智の肩から滑り落として、胸に触れてくる。乳首には触れずに、揉むように撫で回されて、唯智は浅く息をついた。

「ふ、膨らみもないのに、揉むんですか？」

「気持ちいいだろ？　唯智、肌がすごく手触りいいね。触るのが楽しい」

「肌の手触りなんか知りませ、んっ……あ、は、ぁ」

心臓が、やたらとどきどきしている。こめかみのあたりもどくどくして、木野内のてのひらに肌を撫でられると不思議な感覚がこみ上げてくる。落ち着かない、くすぐったいような……なのにもっと触れてほしいような。

「唯智、目が潤んできたね。おっぱいの先っちょ弄ってほしくなっちゃった？　つまんで、っておねだりしてみてよ」

「そっ……の単語は、不適切、あ、……はぁっ……」

ウエストのボタンが外され、さわっと下腹部のほうを撫でられて、唯智は身体をくねらせた。木野内に撫でられた場所はもうどこも熱を帯びている。スラックスを脱がせながら、木野内はいたずらっぽく目を細めた。

「だって俺、エッチに積極的な人が好きなんだもん。やらしくおねだりされるとたまんないの。自分だけ盛り上がってるより、相手もしたいなーしてほしいなーって思ってくれてるってわかったほうがいいだろ？」

「――勉強になります」

唯智は素直に感心して頷いた。たしかに、もし自分が女性とキスしたとして、なんの反応もされないよりは、嬉しそうにされたり、彼女のほうからもしてくれたりしたほうが、安心できると思う。そう考えて、ふと、思い当たった。

「そういえば……最初につきあった人に『手つなごうよ』って言われたときに、僕、断ったんです」

「女の子から言われて断ったの？」

愛撫の手をとめて木野内が訊き返し、唯智は頷いた。

「はい。初めてのデートで……映画館に向かう途中で、片手がふさがるのは望ましくないと思いまして」

「それで振られた？」

「いえ、別れを切り出されたのはもうちょっとあとです。彼女が雑貨屋に寄りたがったのですが、僕は違う店で彼女にプレゼントを買う計画にしていたので、断ったんです。そしたら怒られて、振られました」

「なるほどねー」

木野内が仕方なさそうに微笑して、やっぱりよくなかったのだろうな、と唯智は思った。唯智なりに相手を考えての対応だったが、彼女の希望には沿わなかったのだろう。コミュニケーションという意味では、失敗していた。

僕はやっぱりだめなのですね、と落ち込むと、木野内が髪を撫でてくれた。

「さっきは、俺と手をつないでくれてありがとう」

「あれは……」

「嬉しかったよ。今は、おねだりしてくれたら嬉しいし、唯智からも俺に触ったりしていいし、どうしてもいやなことがあれば遠慮なく言ってほしい」

「……わかりました」

こくんと頷くと、木野内は短いキスをしてくれ、そっと胸を撫でてくる。

「どう？　つまんでほしい？」

「——、……は、い」

つまんでほしくなかった。乳首を弄られるとどんな感じがするか、もう知っているからいやだ。でも、どうしてもいやかと言われたら違う気もしたし、木野内がそうしたいなら、触ってほしいような気もした。手をつなぐだけでもお礼を言ってくれるくらいだ。感謝されるのは、相手からの好感度が上がったように思えて好きだった。

木野内は小さく笑い、身体をずらした。あれ、触らないのかな、と思った直後、ちゅうっ、と乳首を吸われて、唯智は身体を反らした。

「っ、や、あッ、なにしてっ……あ、いたっ」

「噛むのは嫌い？　こうやってこりこりするのは？」

「やめっ……いっ……あ、あぁ……ッ」

歯で乳首を挟み込まれ、捏ね回されて、唯智の身体は何度もくねった。木野内は咥えた乳首を器用に舌で転がしてくる。そのあたたかく濡れた感触に、腹まで熱い刺激が伝わった。じっとしていられない熱に腰が浮き、唯智は自分の身体の変化に気づいて涙目になった。まただ。また、あっけなく勃起してしまっている。

（やっぱり僕……淫らな、いやらしい身体になってしまったのかも……）

「せんぱ……涼祐さんっ……舐めるの、だめですっ」

「気持ちよくないの？」

「あぅっ、す、吸うのもやっ、……あ、だってこれじゃすぐ、あッ」

「すぐ達っちゃう？　早いの可愛いからいいよ。唯智が気持ちよくなってるの見るの好き」

やっと唇を離した木野内は、上体を起こして両手で乳首をつまんでくる。

「――っあ、あぁっ……！」

濡れてしまった乳首を丁寧に捏ねられるのはたまらない快感で、深いため息のような声が出た。甘えるように掠れた声を恥じて、唯智は口元に手を当てる。木野内はきゅ、きゅ、と乳首を引っぱりながら、楽しそうに唯智を見下ろした。

「耳まで赤くなってるね。すっごく気持ちいい、って顔してる。――ねえ、唯智も好きって言ってみてよ。唯智は俺のことが好きでたまらない設定だからさ」

「んんっ、でも……これじゃ、僕が涼祐さんのこと好きっていうより……涼祐さんが僕をいいようにしてる、だけ……あ、ぅ」

「俺はね、唯智の身体は気に入ってるの」

唇を舐めながら木野内は艶っぽく微笑んだ。「このまえエッチしたとき、思った以上に反応よくてやらしい身体だったから、楽しくなっちゃったんだよね」

「そんな……っ、人を、淫乱、みたいにっ」

経験豊富な木野内から見ても淫らなのだ、と思うとぞくっとした。必死で首を振ると、木野内は「違うよ」と囁く。

「唯智の身体は正直なんだよ。俺は好き。——好きな人に身体だけでも気に入ってもらえたら嬉しいでしょ。これから唯智は、俺に自分を丸ごと好きになってほしいと思ってるわけだから、こう、言わずにはいられない、みたいな感じで好きって言ったり、俺にぎゅってしがみついたり、気持ちいいですって素直に言ったりしてよ」

そんな非常識なことは言えない、と思ったが、木野内の好みにはあわせたほうがいい、とも思う。だって、やるからには失敗したくない。三か月後には木野内に「唯智のこと好きになったよ」と言ってもらわなければ、恋愛の練習に成功したとはいえないだろう。

「わかり……ました」

はあはあ息が零れ続ける口を手の甲で押さえたまま、唯智は羞恥心をこらえて木野内を見つめた。

「涼祐さん……す、きです」

「——いい感じ」

きらっ、と木野内の目が煌めいた気がした。

「あと十回は言ってほしいな」

「……好き好き好き好き好き好き好き好き好き」

「棒読みだね」

真顔で言った唯智に木野内は楽しそうに微笑み、それから唯智を抱きしめた。手が腰に回され、胸を重ねるようにして、顔が近づく。

「……唯智」

ほとんど吐息だけの囁きと一緒に唇が押し当てられ、唯智は思わず目を閉じた。自然とひらいた隙間から木野内の舌が入り込み、歯や口蓋を丁寧に舐めてくる。片手で頬を撫でるように包まれて、ぼんやりと頭の芯が霞んだ。

「んむっ……ぅ、んん……っ、ん、は、ぁっ」

「唯智」

キスがほどけ、もう一度呼ばれて目を開けると、木野内はじいっと唯智を見つめていた。目を覗き込まれて、唯智はくらくらしながら、こんなふうに、と思う。

こんなふうに熱い、強い瞳で見つめられたことなんて、今まで一度もなかった。見つめられるだけで息をするのも忘れてしまいそうな、胸が痛くなりそうな眼差しだ。

(心臓が……すごく、どきどきしてます……)

苦しい、と思うとなんだかせつない気がしてきて、唯智は逃げるように目を逸らした。

「ほかに……涼祐さんの希望はありますか？　難しそうですけど、できるだけ今日覚えて、後日に活かしたいと思います」

「真面目だなあ」

ゆるゆると頬を撫でながら、木野内はしみじみと言う。

「そうだね、いっぱい求められたいから、騎乗位なんか最高だと思うけど、まだ無理だろうしな。今日は後ろからにしよう。少しは楽だと思うから」

「楽なんですね……よくわからないけど、ありがとうございます」

「そのかわり、おねだりして。舐めて、って」

「……もう舐められました」

「違うって。下半身。唯智の可愛いところだよ。フェラチオって単語くらい、唯智も知ってるだろ?」

にっと笑った木野内が白いブリーフの上から性器に触れてきて、唯智はびくっと腰を跳ねさせた。じわりと熱っぽいそこは、触れられると疼くように思えて苦しい。

「そ、そこはっ」

「またおっきくなった。舐めてほしいんだ?」

「違いますっ、そんな不衛生なことっあ、揉まない、あぁっ……く、ぅ」

「もう濡れちゃってるじゃん。パンツぬるぬる……舐めるよ」

木野内は感心したように息を吐き、身体をずらす。唯智は急いで木野内を押しのけようとしたが、体格で負けている上にのしかかられていると、まったく太刀打ちできない。

「やっ、涼祐さん、そんな汚いの、……っひぁ、ア……ッ」

抗議を無視してパンツが下ろされる。先端をあたたかい口内に含み込まれ、唯智は突き抜けるような気持ちよさに、悲鳴めいた声をあげた。

「は、ぁっ、ふぁあっ……、いや、ぁ……っ」

じゅぷ、と音をたてて根元まで咥えられ、強弱をつけて唇が幹を締めつけてくる。舌を敏感な裏側にあてがわれ、木野内の頭が上下するのにあわせてねっとりとこすられた。性器はぐっしょり濡れて火をつけられたように熱く、じくじくと疼いてたまらない。

「あ、んぅーっ……あ、あぁ、あ、は、ぅうっ」

初めて聞く淫猥な水音が恥ずかしくて、耳をふさぎたかった。やめてほしいのに、気持ちはよくて、まるで愛撫をねだるかのように尻が上下に動いてしまう。

「あ、こんなっ……、みっともな、あ、ああっ、啜らないでっ……」

吸い上げられると、自分の体液が木野内の口内に溢れていくのがわかって、出ちゃう、と思うとぞっとした。口に。他人の口に出すなんて非常識すぎる。

「お、おねが、やめ、ひ、出るっ……射精、しちゃうっ、あ、アッ」

なんとか我慢しなければ、と思ったとき、ひときわ強く雁首に吸いつかれ、指で裏筋をこすられて、びぃん、と身体が強張った。がくがくと腰が動いて、勢いよく射精してしまいながら、唯智は必死で身体をよじった。

「はな、してっ……あ、あぁッ、あーっ……」

木野内が精液を吸い取っている。ただ射精するよりもずっと強烈な、吸い出される感覚。

性器はまるで痺れたようで、唯智はなす術もなく、幾度も放出して、脱力した。

「ごちそうさま。唯智が可愛い声出すからうっかり飲んじゃった」

「つ、うっかり、飲まないで、くださいっ……」

「おいしかったよ」

濡れた唇を拭う木野内を涙目で睨んだが、彼は悪びれもしない。

「ちなみに俺もフェラチオされるの好き。そのうち唯智がしてくれたら最高だけど」

「できません……」

「やっぱり汚い？」

唯智の答えを予想していたように木野内は苦笑して、唯智は数秒考えて首を振った。もし木野内に、返礼として同じ行為をしろと言われたり、木野内が大好きな行為だと言うならば、好きになってもらうための努力の一環として、できないことではないと思う。したくはないけれど、木野内は舐めていたくらいだから、不可能ではないはずだ。でも。

「僕が、その、同じことをしたら、確実に好きになってもらえるならば、挑戦しますけど」

「いいよ無理はしなくて」

「やりかたが……今のでは、その、途中から冷静な思考ができず……覚えられなかったので、あとでコツなどメモしていただければ、頑張ります」

湿っぽく浅い息を整えようと努力しながら言ったら、木野内は少しのあいだ黙り込んだ。

それから、唐突に唯智の身体をひっくり返す。

「わっ……涼祐さん？　なにする、んですか」

「今日は後ろからって言ったでしょ。前からだと俺がだめな気もしてきたし」

「そんなっ……ん、だめ、なところ、あったら言ってください」

うつ伏せにされ、ぐいと尻を上に持ち上げられながら、唯智は木野内を振り返った。

「せっかく練習するのであれば、上手になりたいので……恋愛する上で、僕にいたらない点があれば指摘を、あっ、ちょ、お尻やめっ」

「唯智はとりあえず、好きって言ってくれればいいよ。これからお尻の孔準備するから、たまらなく気持ちいい、って感じたときに好きって言って」

唯智の窄まりをくにゅくにゅと弄りながら、木野内はひどく穏やかな声で言った。唯智はシーツをぎゅっと掴んで妖しいくすぐったさを堪える。

「涼祐さん、んっ、好きって言われるのが、好きなんですか？」

「うん。誰だってそうじゃない？　芝居でも嘘でもいいから、好きって言われたほうが気分いいでしょ」

芝居や嘘なら唯智はいやだ。でも、嫌われるよりは好かれたいという気持ちならよくわかる。

（……そういえば、今までの彼女に、好き、なんてほとんど言ったことないです）

恋愛は知らないことばかりだったんだな、と思いながら、唯智は息をついて顔を伏せた。

「わかりました……頑張って、言いますね？」

「ありがと」

木野内が笑って、優しく尻を撫でてくる。丸みを両側に広げるように指が食い込んで、割れ目から窄まりにかけて、とろりとした液体が垂らされた。

「つ、は、んっ……」

「お尻下げないで、でも力は抜いてね。そう……肩つけちゃう感じで、ぐいってお尻突き出してごらん？」

「ん、はいっ……は、ぁ、んんんっ……」

言われたとおり、背筋をしならせて尻を差し出すポーズを取ると、ぬるりと木野内の指が埋まってくる。痛みはなかったが、異物をきゅっと締めつけてしまい、そうすると孔の縁がむずむずした。

「はぁ、う、あ……あ、……ん、……あっ」

指を動かされ、ぬちぬちと内部をかき回されると、我慢しようとしても声が出てしまう。

「どう？　唯智の中、すごくひくひくしてるけど、気持ちいい？」

「……ん、ああ、は、……きもち、い、より、……むずむず、あッ」

「もっとしてほしくない？　奥も弄ってほしかったら『好き』って言ってね」

「あや、やめ、あッ、そこ、ひ、ん、濡れちゃ、あッ」

とろみのある液体が追加されて、ぐちゅりと音をたてて内壁が押され、唯智はたまらずに尻を振った。だめだ。むずついたそこを刺激されると、性器からどんどん先走りが溢れてきてしまう。

「ああっ……あ、す、好きっ……好き、も、やぁ……」

「まだ一本入れただけだよ。好きなら『もっと』って言わなきゃ。指増やすよ」

「ま、待っ、あ、あーっ……あぁ、アッ」

「気持ちいい、好き、もっとって言って」

ずずず、と奥まで指を埋めながら、木野内が優しくあやすように囁く。

「唯智、いい子だから言えるよね。練習、成功させたいもんね？」

「あ、奥、あ、ンは……あっ、ひぁ、ア……っ」

二本の指が内側を拡張するように広げられ、圧迫感とうずつく快感に、眦《まなじり》から涙が零れる。気持ちいいというには激しすぎる感覚に、閉じられなくなった口からは唾液がしたたった。

「あ、ん、すき、ぃっ……きもち、い……、ん、も、っと……っ」

「いい子だねえ唯智は。三本目入れるね」

「つあ、ああっ、……い、くるしっ……ん、ぅ、あっ」

隙間をこじ開けるように三本ねじ込まれ、腰が前後にスライドした。木野内はその動きを煽るように、揃えた指でピストンしてくる。

「い、あぁっ、ずんって、いや、あ、ァッ」

圧迫感は気持ち悪いはずなのに、ずくん、ずくん、と指を出し入れされると、唯智の内部は悦ぶようにうねった。いやでも思い出す。先週は、ここに木野内の性器が埋め込まれて、こんなふうに何度も、もっと奥まで突かれたのだ。

「ッ、あ、あぁっ、あーっ」

背伸びする猫みたいに仰け反って、唯智は達した。ぴゅっと精液を撒き散らし、尻を振って身悶える。

「唯智、今日は指だけで達っちゃったね。一週間、ずっと思い出してくれてたんだもんね」

指を引き抜いた木野内は、脇腹から胸を撫でながら、艶めいた声で囁いた。身体がかぶさってきて、耳朶をねっとりと舐められる。

「今度は俺のでだよ。いっぱい達って」

「……あ、ぁ、あ……」

ぶるっ、と震えが走った。普段よりも低く掠れた木野内の声が、アルコールのように染み込んでくる。窄まりにあてがわれた木野内のものは熱くて硬く、唯智は抗うこともできずにただ待ち受けた。

みちっ、と孔をふさいだ木野内の雄が、力を込めてぐいと押し込まれる。

「——っ、は……ひ、……ッ」

指とは比べものにならない重さで、木野内の身体が唯智の中に入り込んだ。がくがくと震えて落ちかけた腰を、木野内がしっかりと掴んで引き上げる。唯智はぺったりとシーツに上半身をつけた格好で喘いだ。

「あ、あふぅっ……あ、……あッ」

「いいよ唯智、前回より上手。孔の入り口がぴくぴくして、すごく気持ちいいよ」

小刻みに抜き差しを繰り返し、奥へ奥へと進んできながら、木野内は優しく唯智の背中を撫でてくれた。

「背中も、すごくいいね。綺麗だ……それに、唯智のひだひだ、すごく好みだ。締めつけ具合もいいし、孔の縁の色も可愛い」

「あ、んぅっ、へ、へんなことっ……アッ、あーっ」

恥ずかしい褒め言葉に抗議しかけると、ずんと強く穿たれて、下腹部の奥がぎゅうっと締まってしまうのが、自分でもわかった。

「ひぁ……あ、は、……ひ、深いの、くる、し……は、ぁッ」

「今日は全部入れさせてよ。唯智のこの、可愛くて気持ちいいとこで、俺を全部包んで」

「──っ、い、……あ、あ、……ッ！」

尻を撫でながら木野内は囁く。さらに奥へと押し込まれ、衝撃で目の前が赤く染まった。熱い。硬い。重たくて大きなものが、唯智のおなかの中で存在を主張し、奥をごりごりと突き上げてくる。

「ッ、く、あっ……そこ、あっ、だめ、あッ」

「痛い？　奥突くと中はきゅんきゅんするけどな……気持ちよかったら『好き』だよ？」

「ひぁあっん、あッ、そんな、つよ、あ、……あ、好き、ぁあっ、！」

シーツを掴んで耐えようとしても、手に力が入らない。何度も爪を立てようとすると、後ろから手を包み込まれて、ひときわ強くピストンされ、唯智は喉を反らした。

「──っ、は、……っ、あ……！」

じわじわ水位を上げていた快楽が溢れてしまったように、どっと激しい感覚が襲ってきた。木野内を飲み込んだ尻からうなじまで、強烈な痺れが貫いて、全身が痙攣する。真っ白に思考が焼け切れて、揺れる性器からは大量に雫がしたたった。

「あ……、あ、…………あ……」

ひくつきながらか細い声をあげる唯智の首筋に、木野内が優しく唇を当てた。

「すぐ達っちゃったね唯智。俺はまだだから、動くよ？」

「……っ、あ、あぅっ……あ、……や、待っ、……あん、んッ」

くたくたと力の入らない身体が抱きしめられて、木野内がずくずくと動いた。どっぷりと熱いお湯につけられたように感じる体内を行き来され、唯智はぽろりと涙を零した。

木野内が突く一番奥が、蕩けたようにゆるんで、じゅんっ、じゅんっ、と疼いて、たまらない。

「だめっ……奥、だめ……あ、……だめ、好きっ、ま、またっ……」

「また達っちゃいそう？　気持ちいいんだね」

「あぅつ、い、……いい、……っ、きもち、……い……あ、アァ！」

ぴぃん、と身体が強張って、唯智はまた達した。性器からは精液のかわりにぽたぽたと透明な液体がしたたって、息がたまらなく苦しかった。

「は、ふぅっ、は、……ひ、ああ、は……あ、」

「俺も、もうちょっとで達きそう。唯智ももう一回ドライで達ってごらん？　好き、って言ってね。ほら」

木野内の手が前に回り、くったり力をなくしている性器と、対照的に硬くとがった乳首に触れた。扱かれ、つままれて、ぴくんと揺れた唯智を、木野内がまた深々と貫いてくる。

「ああッ、あぁっん、あっ、……す、好きっ……あーっ」

なにも考えられないまま唯智は再度達した。深いところから湧き上がる絶頂感はなかなか薄まらず、手足が自分のものではないように、ひどく遠く感じた。それなのに、木野内の熱い肉塊だけはひどくリアルで、どくんと膨れ上がり、中にたっぷりと飛沫をかけられると、酔ったような目眩がした。

「……っ、ん、……ふぁ、……あ……」

「達ってるね。ドライで達きやすい身体なんだなあ。嬉しいよ。今日はもう一回だからね」

ぐったりと崩れ落ちそうになる唯智の身体を、木野内が抱きしめた。上半身を持ち上げられて、足を掬われ、唯智は力を入れられないまま啜り泣いた。

「うそっ……また、なかで、おっきくっ」

「今度は俺の上に座った格好でしようね。大丈夫、俺が動くから、唯智はただ気持ちよくなって、好きって言うんだよ」

唯智の脚を抱え、子供が放尿するようなポーズを取らせながら、木野内が髪に口づけてくる。

「俺の入れたまま、十回好きって言うまでするよ」

「そ、んな、も、無理、っはぅ、あッ」

「無理じゃないよ、唯智の中、今きゅって締まったのわかるだろ？　この体勢もすごく気持ちいいから——好きって言って」

「――あ、あぁーっ……」

熱い吐息まじりに囁いた木野内に下から突き上げられ、唯智は凭《もた》れかかるように身体をしならせて、泣きながら甘い声をあげた。


使い慣れてきたエレベーターに乗り、唯智は鞄から出した鍵を見つめた。使って、と木野内に渡されたスペアキーは、今のところまだ未使用だ。理由は単純で、いつも木野内のほうが先に帰ってきているからだ。

今日も、五階にある部屋のドアをそっと開けてみると、なんの抵抗もなくひらいて、唯智は身体をすべり込ませた。

「ただいま……帰りました」

エレベーターは慣れたが、この挨拶はまだ慣れない。廊下の奥からひょいと木野内が顔を覗かせ、「おかえり、唯智」と微笑むのは、もっと慣れなかった。

慣れないはずなのに、木野内の顔を見ると、胸の下のほうがふわっとゆるむ。

「涼祐さん、毎日毎日、帰宅が早すぎませんか？　それに、在宅のあいだも鍵はかけておいたほうが、一般的に言って防犯のためにはいいと思うのですが」

「だって帰ってきたとき鍵が開いてると、ひとりじゃない感じがするでしょ。帰宅が早いのは、職場が近くだからです」

楽しそうに笑って木野内はキッチンに戻っていく。

「今日は魚のみぞれ煮と、豆苗のおひたしと、里芋の煮物だよー」

「……毎日、ありがとうございます」

まるで新婚の夫婦のような会話ですね、と思いながら、唯智は鞄の中から弁当箱を取り出した。

「お弁当、今日もおいしかったです」

「前の晩の残り物で飽き飽きしなかった？」

魚を揚げるいい音をさせながら、木野内がいたずらっぽく訊いてくる。唯智は弁当箱をシンクに置いて、いいえと首を横に振った。

「味付け、和風に変えてあったので……とてもおいしくいただきました」

昨晩のハンバーグを和風煮込みにアレンジしたお弁当は文句なくおいしかった。でも、と唯智はため息をつく。

「お弁当を食べるところを上司に見られて……未来の奥さんの手作りかい、と言われてしまって……否定するタイミングがありませんでした」

「新しい恋人の手作りです、って言っちゃえばよかったのに」

「言えません、そんなこと」

楽しそうな木野内を恨めしく見ると、彼はちゅっと唯智の頭にキスした。

「迷惑ならやめるよ、弁当作り」

「……迷惑というわけではないのですが、涼祐さんにばかり負担をかけるのは本意ではありません」

すぐ触る人なんだから、と思いつつ、唯智は逃げられなかった。揚げ物にも気をくばりつつ、木野内は楽しそうに唯智にキスをしかけてくる。唇ではなく、髪や、額や、頬に。

「食材無駄にしないためにもお弁当作ったほうが効率いいんだよ。それに俺、家事は好きなんだ。仕事のこと忘れてリセットするのにも、仕事のこと考えるのにもちょうどいいからさ。……ん、そろそろ揚がるから、唯智、着替えておいで」

「――はい」

頷いて寝室に向かいながら、唯智はしみじみした。

普通に、当たり前みたいに、同居してしまっている自分が信じられないが、これが現実なのだ。今日で十日。一昨日の土曜日は自分のマンションに帰るという選択肢もあったのに、唯智はそうしなかった――というか、できなかった。

(先週に引き続いて……あんな、あんな、長々と先輩が好き勝手するからです)

十日前の二回目のセックスも、唯智の記憶がなくなるまで何度もされて、翌日の午前中は起き上がれなかった。夜にはまた一回セックスして、日曜日は着るものだけ取りに自分のマンションに戻って、それからは毎日、唯智は木野内のマンションから出勤していた。

ずっとここで過ごしているのは、居心地が予想以上によかったせいだ。唯智は最初、木野内が見た目どおりに軽薄でだらしない生活ぶりではないかと疑っていた。同居はストレスが多そうだと踏んでいたのだが、予想に反して木野内の生活は規則正しかった。その上家事はすべてやってくれるし、部屋はいつも片づいていて、お風呂は清潔で、食事はおいしい。

それになにより、帰宅してきて、家に明かりが灯っているのは、無条件に安らぐ。待っているのが恋人ではなく木野内だとわかっていても、ひとりではないと思えるのはありがたかった。

洗濯したての部屋着に着替えて戻ると、木野内はテーブルに料理を並べているところだった。

「唯智、ごはんよそってくれる？」

「はい、もちろん」

それくらいの手伝いはしなければ却って居心地が悪い、ということをお願いされるのも、快適な理由のひとつだ。ごはんを二人分よそい、向かいあってテーブルにつくと、木野内は満足そうに微笑んだ。

「どうぞ、食べて」

「いただきます」

きっちり手をあわせて箸を取る。なんとかという料亭の出汁セットを使っている味噌汁は染み渡るおいしさで、ふっくら炊けたごはんはつやつやして甘い。揚げ魚のみぞれ煮は大根おろしが魚によく絡み、おひたしはさっぱりしていて、煮物は柚子の香りがした。

「たいへんおいしいです」

「煮物、味薄くない？」

「いえ。ちょうどいいです。僕は根菜が好きなので、素材の味が出汁で引き立っていると嬉しいです」

里芋をもうひとつ口に入れると、木野内は嬉しそうに身を乗り出した。

「唯智も根菜好き？　俺も好きなんだよねー。レンコンとか最高だよな」

「そうですね、レンコンは最強の根菜です」

「これからおいしくなるから、いっぱいレンコン料理作ろうっと」

木野内は楽しげにごはんを口に運ぶ。唯智は揚げ魚に箸を伸ばしつつ、そっと切り出した。

「毎日のように料理をしていただくのは大変ありがたいのですが、やはり負担をかけすぎのような気がしています。そもそも、僕が涼祐さんを好きという設定にもかかわらず、これでは涼祐さんが僕に尽くしているだけで、立場が逆のように思えるのですが」

「設定はそうなんだけどさ」

木野内は仕方ないな、というように苦笑した。

「でも実際は、唯智は失恋したわけじゃん。それもただの失恋じゃなくて、けっこう大きな失恋だよね。立ち直れなくて自棄《やけ》になったり、病気になったりする人だっていてもおかしくないレベルの失恋なんだから、それがちょっとやわらげばいいなと思って」

真摯な口調に、そういえば、と唯智は思った。たしかに、自分は失恋したことになる。木野内の言うとおり大きな失恋で、絵里子に別れを切り出された直後は衝撃を受けていたのだろうなと今となっては思うが、まだつらいか、と言われたら、そんなことはなかった。

絵里子のことはたいして好きではなかったのだ、と考えることもできるけれど、たぶん、と唯智は思う。

たぶん、涼祐といると、考えなくてすむのも大きい。その証拠に、今日上司にお弁当を見られて声をかけられても、面倒な事態だと思いこそすれ、このまえみたいに寂しい気持ちにはならなかった。

「……ありがとうございます。僕はもう立ち直っていると思います」

思っていた以上に木野内は優しく面倒見がいいようだ。くすぐったく思いながらお礼を言うと、木野内は言いにくそうに口をひらいた。

「かっこいいこと言った直後でなんだけど、実は今月の後半は忙しくて、料理作れても手抜きになりそうなんだよね。朝飯はちゃんとするつもりだけど」

「そんな、けっこうです。自分のことは自分でできますし、もしよければ、僕が食事を作ってもかまいません」

「唯智、料理できるんだ？」

「一人暮らしをする以上、最低限はと思って勉強しましたので」

胸を張って答えてから、唯智は食卓を見回して言い添えた。「……涼祐さんほど、上手ではありませんけれど」

「そんなことなさそうだけどな。唯智はなんでも事前に勉強したり調べたりするから、料理もきちっと分量どおりで作って、失敗しなさそう」

くすくすと木野内は笑い、ほっとしたように頷いた。

「じゃあ、できそうにないときはお願いする。そのかわり、月末は大丈夫だと思うから、今月最後の土曜日にでもデートしようよ」

「わかりました」

唯智も頷き返して、忙しいならば週末の夜の営みも控えめになりそうですね、とこっそり胸を撫で下ろした。木野内はとにかく、いったんはじめるとしつこいのだ。挿入まですするセックスは週末だけだが、毎回泣かされている唯智としては、期限の三か月が終わるまで、二度としなくてもいいくらいだった。

(あんなに長時間体内に挿入したままだなんて、身体の構造上も負担が大きすぎます)

思い出すとお尻と胸と頭が熱くなり、唯智は急いで味噌汁を飲んだ。木野内が目ざとく声をかけてくる。

「唯智、どうしたの。やたら顔が赤いよ」

「……なんでもありません。それより」

唯智は慌てて話題を逸らそうと木野内を見て、そういえば彼についてはほとんどなにも知らないことに、今さら気がついた。どんな日常生活を送り、どんな食べ物を好むのかも、こうやって一緒に暮らすまでは知らなかった。大学を卒業したあと、なにをしていたのかもまったく知らない。

「涼祐さんの仕事は、不規則に忙しくなったりするものなんですか?」

唐突な質問にも、木野内は朗らかに頷いた。

「そうだね。クライアントのある仕事だから、先方に頼まれた納期がすごく急だったりとか、突然変更になったりもする。デザイナーってわりと無理言われること多いから」

「デザイナー? 洋服を作るんですか?」

「いや。俺の場合はプロダクト。製品デザインって言うとわかりやすいかな。照明とか、デスクとか、生活で使うものだよ。日用品とか雑貨系のものもデザインしたりする」

「……そういう仕事があるんですね。デザインというと、洋服だけだと思っていました」

唯智は感心して呟いた。言われてみれば、室内のインテリアは仕事にふさわしい洗練された雰囲気だ。軽薄で適当だと思っていた木野内が、急にきちんと仕事をこなす社会人に見えてくる。

「一般的にデザイナーっていうと服飾のイメージだもんな。でも、デザインってどんなものでも大事だからさ。人間が使うものを作るときは、どういうかたちが適していて、どういう仕組みが使いやすくて、どういうものが心地よく思ってもらえるかを考えなきゃいけないだろ？　だから、たとえば雑誌や本はそれ専門のデザイナーがいるし、住宅でも、システムでも、ゲームでも、作るときはデザインする工程が不可欠なんだよね」

「なるほど……勉強になります」

こくこくと頷いてから、唯智はふと自分の仕事を思い出した。普段の仕事ではなく、イレギュラーでやることになった、春の展示会へ向けてのことだ。

「涼祐さんに訊くのは適切ではないのかもしれませんが、パンフレットを作るときに、デザインのコツのようなものはありますか？」

「パンフレット？」

「ええ。実は仕事で……僕の普段の仕事にはまったく関わりのないことなのですが、春の行事に向けて、各部署から数名が参加して普段と違う仕事を担当するという、新入社員の研修のようなことが命じられたのですが……なぜか僕がパンフレットの作成を担当することになりまして」

「パンフレットってことは、商品とか仕事内容をアピールしたり、説明する感じだよね」

思いつきで訊いたことにも、木野内は真剣な顔で答えてくれる。

「だったら、レイアウトするときはポイントは三つくらいに絞るといいと思う。ページ数は少ないか、見ひらき一枚だろうから、盛り込もうとしすぎるとごちゃごちゃしちゃうと思うんだ。まずはメインを決めて、それはビジュアルもつけて一番最初に大きく入れる。残りのポイント二つは、メインより扱いを小さくするといいと思う。何ページかあるときは、フォーマットを決めちゃうといいよ。左は写真だけ、右に文章と、それをわかりやすくする関連写真、みたいな感じで」

「すごく参考になります。忘れないうちにメモをしておこうと思います」

やったことのない作業に途方にくれていたのだが、木野内の話を聞いたらなんだかできそうな気がしてきた。チームで話しあうにしても、なにから協議すればいいのかさっぱりだったのだ。

「役に立ったならよかった。どう？　俺のこと好きになった？」

素直に感心し、感謝していたのに、木野内はすぐふざけたような声で言ってくる。唯智はむっと顔をしかめた。

「だから、それでは設定が逆です。僕が涼祐さんを好きになるのではなく、涼祐さんが僕を好きになるんですよ？」

「逆じゃないよ。俺を好きな唯智は、俺に冗談でそんなふうに訊かれて、傷つきつつも頷くんだよ。で、言うわけ。せつない感じで、『好きです』って」

木野内はやたら楽しげにそう力説して、唯智は呆れた視線を向けた。

「涼祐さんて、想像力が豊かなんですね」

「普通だよ。普通考えるものでしょ。大好きな子と仲良くできたらどんなことがしたいかとか、どんな反応してくれるかとか。まあ、半分は妄想なんだけど、そうやって相手のことを考えてから行動するのも、恋愛の楽しいところだし、大事じゃないかな。相手を思いやるのがさ」

ごちそうさま、と木野内は手をあわせる。その顔は心底楽しそうで、唯智は不思議な気持ちになった。この「ごっこ」にすぎない同居生活が、どうしてそんなに楽しいのだろう。

仕事を真面目にしていることがわかっても、木野内のことはやっぱりよくわからない。

唯智も食べ終えると、木野内は唯智のためには紅茶を、自分のためにはコーヒーを淹れる。唯智は皿を下げたあと、部屋に戻って、帰宅途中に買った包みを持ってきた。

「これ、お土産です。和菓子ですが」

「うっそ嬉しい！　買ってきてくれたの!?」

ぱあっ、と木野内が顔を輝かせた。

「ありがとう、最高に嬉しい！　和菓子好き。開けていい？」

「もちろんです」

予想よりもずっと喜んでいる様子の木野内に、照れくさくなって唯智は頷いた。木野内はいそいそと包みを開け、中を見て表情をさらにほころばせる。

「わー上生菓子じゃん。紅葉と柿で秋って感じ。和菓子ってこの見た目だけでもう、最高だよね」

「喜んでもらえてよかったです。僕も和菓子が好きです」

ほっとしながら唯智は椅子に座った。土産を買おうと思いついたのは、唯智なりに、木野内に好きになってもらう方法を考えたからだ。贈り物をするのは、好意を持ってほしい相手に対しては有効な手段なはずだ。

（……でも、今まで、こんなに喜んでくれた人はいませんでした。もっと高価なアクセサリーやバッグを買ったこともあるのに）

わざわざ皿を出しながら、木野内は嬉しげに目を細めている。

「俺たち、わりと食べ物の好み似てるよね。和菓子とか、根菜とか」

「――たまたま一致しているだけです」

そっけなく言いつつ、唯智はなんだか木野内を見ていられなくて俯いた。「似ていないないところのほうが多いでしょう。僕はコーヒーが苦手です」

「でも、歯磨きチューブは必ず端から押すのも一緒だし、寝るときは唯智が左向きが好きで俺が右向きが好きだから向かいあって眠れるし、朝飯は必ず食べる派だし、一緒に暮らすの、思った以上に楽しいよ」

愛想のない唯智の声にも木野内はめげず、わざわざ隣まで来て唯智の前に和菓子を載せた皿を置くと、そっと肩に触れてきた。ちゅ、と頭のてっぺんにキスされ、いっそう俯くと、今度はうなじに唇が触れる。

(あっ……首にキスです……また)

ざわっ、と産毛が逆立つような寒気がして、続けて全身が熱くなった。木野内との生活は思ったよりも快適だけれど、これだけは困る、と唯智は唇を噛む。

とにかく、なにかにつけて触られるのだ。木野内の言葉を借りれば「いちゃいちゃ」した振る舞いがしょっちゅうあり、その中でも唯智をいたたまれなくするのは、首筋にキスされるとはじまる、「いちゃいちゃ」と呼ぶには濃密すぎる行為だった。

木野内はもう一度キスし、今度はちゅうっと皮膚を吸い上げる。やっぱり、あれをするつもりだ——と、唯智は身体を硬くした。

「……っ、涼祐さん。今日は月曜日です」

「そうだね」

く笑う。

「つその、キス……は、平日には不向きな行為かと、んっ」

ぎゅっと抱きしめられ、耳朶にもキスされて声が跳ねた。木野内は唇を押しつけて小さく笑う。

「キスしかしないよ。大丈夫。唯智が明日歩けなかったら困るもんね？」

「キスしかって、そんな、耳とか首して、どうせ、あ、あぅ」

あたたかくて濡れた感触がうなじに触れると、弱い電流のような痺れが手足まで伝わっていく。ちりっとした痛みをともなって皮膚が吸われ、唯智の身体は小刻みに震えた。

「あ……あんまり、さわらない、で……」

これ以上キスされたら反応してしまう、と思うと目が潤んできて、唯智は掠れた声で訴えた。こうやってキスをはじめると、木野内は必ず唯智を絶頂に追い上げる。毎回毎回唯智だけがあられもない声をあげさせられるのは、耐えがたい羞恥だった。

それでも強く拒めないのは、木野内の好みにあわせなければと思うからだ。すでに落ち着かなくなってしまった下半身をもぞもぞと動かすと、木野内はからかうように胸に触れてくる。

「好きって言ってくれないのは、気持ちよくないから？」

「……っ、ン、く、」

服の上から乳首を弄られて、背筋がしなった。木野内は首筋に吸いつきながら、こりこりと乳首をいじめてくる。

「服の上からでもわかるね、唯智の乳首。ちっちゃいのに硬くなってるから」

「ン、涼祐さんが、あんまり、いっ、いじるからっ」

「だって可愛いんだもん」

「そんなっ、あッ、あぁっ、い、あっ」

つねるように強くつままれ、ひくひくと腰が動いてしまう。木野内は優しく胸を撫でさすり、服をたくし上げながら囁いた。

「唯智、勃っちゃったね。扱いてあげるから、自分でペニス出して」

「いっ、いりませ、あう、あんっ」

「おっぱいだけでそんなにおっきくして、もう濡れてるでしょ。それともこのままして、パンツの中で出したい？」

甘くて優しい声でからかうように言われ、唯智は唇を噛んで自分の下半身に手を伸ばした。だるく感じる尻を浮かせ、スウェットとブリーフを押し下げる。ぶるん、と勢いよく飛び出した性器が恥ずかしくて両手で覆うと、木野内が「それもいいね」と囁いた。

「俺はおっぱい弄ってあげるから、自分でしてよ。『涼祐さん、好き』って言いながらオナニーして」

「い、いやですそんなのっ……」

「それか、自分でおっぱい弄る？　どっちかにして。これから仕事が忙しくなるから、前払いのご褒美がほしいんだよね」

「どっちも、無理、あ、ふぁ、う」

「だめ。どっちか、選んで」

服の中に手を入れ、直接胸を撫で回しながら、木野内は唯智の耳を咥えた。舌で舐めまわされ、震えてしまいながら、唯智は性器を覆った手を動かした。

「こ、っちに、します……」

乳首を自分で弄るなんて絶対に無理だ。ただでさえ、最近過敏になっている気がして恥ずかしい部分なのに、自分でなんか弄ったら、明日からは服でこすれるのも意識してしまう。

「ありがとう、唯智。じゃ、先っぽは見えるようにして扱いてね。先走りと精液出るとこ、ちゃんと見せて」

「涼祐、さんはっ……少し、変態、……あ、ぁ、ンッ」

コリっ、と乳首をつままれて尻がひくつき、痺れが重たく下腹部に響く。唯智はたまらずに手を動かして、自分の幹をこすり立てた。

「はぁっ……、ふ、あっ、あ、ぅンッ、あ、……は、」

「どろどろになってるね。可愛い。唯智、乳首でこんなになっちゃうんだ」

何度も唇を押しつけながら、木野内がひそめた声で囁いてくる。見られている、と思うと、露出した性器の先端がじりじりと熱くなった。小さな穴からは絶え間なく、透明な液体が溢れてくる。それが自分の指を汚し、上下にこすると卑猥な音がした。

「はぅう……出、……ますっ……もう、」

「先走りならもう出てるよ。なにが出ちゃうの？」

意地悪く訊きながら、木野内は乳首のてっぺんに爪を立てるようにして捏ね回した。

「——ッ、せ、精液、が、あ、あぁっ」

強烈な快感が走り抜け、あっと思ったときには大きく身体がくねっていた。どくん、と勢いよく白いものが噴き出してくる。

「あ、あ、あぁ……っ、や、と、まんな、アッ」

「いいよ、全部出して。乳首、ほんとに好きなんだねえ……乳首で達っちゃったみたい」

木野内は休みなく乳首を刺激して、強く引っぱられる都度、唯智の性器からはぴゅっと白濁が出た。そんなはずはないのに、本当に乳首への愛撫で達してしまったように見え、恥ずかしさのあまり目眩がした。

「ふぅっ……は、……ぁ、……あ、……」

やっと出なくなっても身体は何度もひくついた。ぐったりしてしまった唯智から木野内は名残惜しそうに手を離すと、よだれの零れた唯智の口元をそっと拭った。

「とろっとろの顔だね。あーあ、このままエッチしちゃいたいのに、残念」

ついでのようにキスして唇をついばんでから、木野内は飛び散った精液を拭き取って、唯智の服を直してくれた。

「月末はデートして、セックスもめちゃくちゃしようね」

「……そんなこと、したら、でかけられません……」

「大丈夫。エッチはデートから帰ってきてからにするから」

身体の芯がまだ熱い。唯智はぎゅっと服の裾を引っぱって、息を整えようと努力しながら言った。睨みつけたのに、木野内は嬉しそうに微笑んでいて、唯智は赤くなる。いきなりキスされるのも心臓に悪いけれど、セックスしますと予告されるのもいやだ。

(めちゃくちゃって……今のだって、充分めちゃくちゃなのに)

「和菓子いただきまーす」

さんざん嬲《なぶ》られた乳首は痛いくらいで、余韻でまだどきどきしている唯智とは対照的に、木野内はひたすら幸せそうに、和菓子を口に運んだ。

「んー、おいしい。夜食べる甘いものって疲れが取れるよなー」

淫靡な気配など微塵も感じさせない、木野内の平和な声と表情を唯智は恨めしく見やり、それからため息をついた。

木野内との行為で、唯智の身体はすっかりおかしくなってしまっている。触れられれば簡単に反応してしまうし、木野内が離れても、身体の芯にじんわりと熱が残る。特に木野内が好んで触れる場所は、疼いて痛みを感じるほどだ。耳や、性器、お尻の孔、それから――乳首。

もどかしくずきずきしている乳首を覆うように胸に触れて、唯智はなかなかおさまらない余韻を押し殺した。幸い乳房が膨れてくるような事態にはなっていないが、それでも乳首が疼く、だなんて木野内には絶対言えない。

(こんなはしたない、淫らな体質ではなかったはずですのに)

木野内には言えない以上、極力意識しないようにして、反応しないように努力するしかない、と唯智は思う。明日から木野内が忙しいならば、平日ちょっかいをかけられることはないだろう。

仕事のアドバイスももらえたし、そっちに集中して元どおりの身体になるように努力しよう、と唯智は決めた。デートのときも、できるだけ触られないように逃げなければ。

それから約半月、木野内は本当に忙しかったらしく、ほとんど唯智に触れてこなかった。夜遅くまで働いていた木野内は、週末も一回ずつセックスするだけで、唯智としてはありがたかったが、その分、月末が怖いような気もしていた。

（デートはともかく、めちゃくちゃな性行為とは、どれほどめちゃくちゃなのでしょう……）

緊張しつつ迎えた月末の土曜日の朝、木野内ははりきって朝食を用意してくれた。甘さ控えめのフレンチトーストにたっぷりの紅茶と、カリカリのベーコンを散らしたサラダ。休日らしい食事をおいしそうに食べながら、木野内は弾んだ声で言った。

「今日はさ、俺の買い物につきあってよ」

「それはかまいませんが……デートの予定では？」

「うん、だから、俺の買い物につきあうデートだよ」

唯智は内心、拍子抜けした。それはデートというのだろうか、と思ったが、唯智としては木野内といかにもなデートをしたいわけではなかったので、了承した。そのほうがべたべた触られる心配もないだろう。

「今日はどこに行くんですか？」

支度をして外に出ると、気持ちのいい秋晴れだった。用心深く木野内から距離をあけ、新宿駅を目指して歩きながら、淡いピンクのコットンニットという、唯智からするとありえない服をさらりと着こなした木野内を見上げると、木野内は眩しそうに目を細めて唯智を見下ろした。

「最初にスピーカー見ようと思ってるんだ。家で音楽かけたり、映画観たりするときに、音がいいほうが楽しめると思って」

「スピーカー、ですか」

唯智は呟いて、さらに拍子抜けした気分になった。この半月、デートと予告されたセックスに緊張して過ごしていたのが馬鹿みたいだ。

(これじゃただ、用事をすませにいくだけみたいです。いえ、そのほうがいいんですけど)

緊張が無駄になったせいか、残念なような気になりかけて、唯智は慌てて考え直した。男同士でデートがしたいわけでは断じてない。たとえ振りだとしてもだ。

「涼祐さん、音質にこだわるタイプなんですか?」

それにしてもなぜスピーカーを、と思って問いかけると、木野内は首を横に振った。

「どうしても、っていうこだわりがあるわけじゃないけど、家で恋人と過ごすときは環境がいいほうがいいでしょ? 唯智、映画好きだよね」

にこっとされて、唯智は微妙に首をかしげる。

「嫌いではありませんが、それこそ、こだわりがあるわけではありません。デートのときに無難だなと思うので、ある程度新作をチェックして出かけたりしますが」

ついでに言うと、面白い内容であれば、デートが失敗に終わっても、時間を無駄にした気分にならないというメリットもある。そう考えて、ずいぶんと相手に対して失礼だったなと思い、口には出さなかった。

「でも唯智、大学のとき、女の子と出かけて別れちゃったあとで、『でも映画は面白かったです』って、感想言ってたよね。俺にじゃなくて、二年の竜太《りゅうた》にだけど」

「竜太……ああ、山内《やまうち》先輩。たしかに話した記憶はあります。いい内容だったので」

「あの映画、俺も観て好きだなと思ったから、DVD買ったんだ。そのうち一緒に観ようよ」

「それはかまいません」

「約束ね」

木野内はまた眩しそうに目を細めて、唯智は空を見上げた。秋晴れの空は綺麗だけれど、真夏のようなきつい日差しではないから、眩しいというほどではない。不思議だったが、訊くほどのことではない気がして黙り込む。

男性同士というのはこういうときどんな話をするのでしょう、と考えて、唯智はこれが初めての体験なことに気がついた。単なる用事をすませるだけにしても、唯智は男性の友達と二人で出かけたことなどない。数人が連れ立っている中に交じったことはあるが、二人きりで出かけるほど親しい友人はいないからだ。

黙っていて退屈しないのだろうか、とこっそり窺うと木野内は気負う様子も気まずそうな様子もなく、楽しそうだった。並ぶと木野内のほうがずっと背が高い。たぶん一八五くらいはありそうだ。思わず手を上げて差を測ろうとすると、木野内が気づいて不思議そうな顔をした。

「なにしてるの？」

「いえ……背、高い、なと思って」

用心して数歩距離をあけていたはずなのに、うっかり自分から近寄ってしまった。唯智が赤くなって手を引っこめると、木野内はくすくす笑った。

「一八六だよ。気になった？」

「……そういうわけでは」

「唯智をぎゅってしてあげるにはちょうどいいでしょ」

「そんなもの、ちょうどよくても役に立ちません」

ぷいっと顔を横に向けると、木野内はぽんぽん、と背中を叩いてくる。

「唯智、もしかして緊張してるの？」

「緊張なんか」

してません、と否定しかけて、唯智は諦めて小声で言い直した。

「緊張はしていませんが、男性と、二人で出かけるのは初めてなので」

「……わー、その台詞はポイント高すぎだなー」

木野内はよくわからないことを言って、また背中に触れてくる。

「大丈夫だよ。どきどきしすぎるようだったら、手つないであげるから」

「そんなこと望んでません、どきどきはしていませんし。あと背中触るのやめてください」

「えー、ケチだなあ」

いやな顔をしてよけたのに、木野内はますます楽しそうだった。この人少しマゾなんじゃないでしょうか、と思いながら唯智は言った。

「人前で身体的接触をするのは節度がないと思います」

「大勢の人がやってると思うけどなあ。それは一般的じゃないの？」

「……大勢の人がやっているという理由で正当化されることばかりではないと思います」

唯智はぎゅっと眉をひそめた。唯智にとって常識的か、一般的かは大切な判断基準だが、「みんなやってるよ」というのは好きではない。童貞しかり、人前での接触しかりだ。でも、唯智の揚げ足をとる人はたいてい、「みんなやってるのに」と言うのだ。

揶揄されるなら応戦するかまえできっと木野内を睨むと、木野内は優しい顔をした。

「そういうところ、唯智は偉いよね」

「…………そうですか？」

「だって、なにがよくてなにが悪いか、自分でよく考えてるってことだもん」

今度はさらっと髪を撫でられて、唯智は「触らないでください」と言うタイミングを逸して口ごもった。触られた場所も、心臓のあたりも、なぜだかむずむずとくすぐったい。

「褒められたのは……初めてです」

道の脇は公園が続いていて、緑に日差しが注いでいる。紅葉にはまだまだ早く、中途半端な時期の木々はくたびれたような色あいなのに、眩しい気がした。目を細めていた木野内も、こんな気持ちで樹木を眺めていたのだろうか。

「やったー、俺の好感度上がっちゃった？」

「……今下がりました」

しっとりした気分になっていたのに、木野内の能天気な声でぶち壊しになって、唯智は横目で木野内を睨んでため息をついた。思っていたよりも悪い人物ではないのはもうよくわかっているが、軽薄なところはやはり苦手だ。

散歩がてら歩いて賑わう休日の新宿駅近くまで着くと、木野内と一緒に電気量販店に入る。店内は客が多くて、唯智は自分たち二人が目立たないことにほっとした。見るからにタイプの違う男性が二人連れなんかで歩いて、本当にデートに見えたらどうしよう、と心配だったのだ。

唯智にはよくわからないホームシアターコーナーで、木野内は唯智をスピーカーの左右や前後に立たせては意見を聞いたが、唯智はろくなことが言えなかった。

低い音がよく聞こえるとか、なんだかいい音な気がする、くらいはわかっても、どれがいいかと言われると判断に困る。木野内は結局、店員に相談して買うものを決めた。「フロントがフルレンジで、リアは２ｗａｙだよ」と嬉しげに言われたのには相槌に困ったが、「映画楽しみだね」と微笑まれたときは頷けた。

「唯智も、協力してくれてありがとね」

「いえ、役に立ててませんでした」

「そんなことないよ」

よしよし、と唯智の頭を慰めるように撫でたときも、木野内は朗らかに楽しそうだった。

(先輩のことは好きじゃないですけど、いつも楽しそうなのは見ていてほっとしますね)

なにがそんなに楽しいのか、唯智にはよくわからないことも多いのだが、思えば大学のときから、木野内はよく笑う人だった。

「涼祐さんって、いつも笑顔が多いですよね」

次の店に行こう、と促す木野内についていきながら、ふとそう漏らすと、木野内はちょっと首をかしげた。

「そうかなあ。そんなこともない……あ」

「なんですか」

「あー……うん。たぶんね、唯智が見てる俺が、いっつも楽しいからだよ」

ふわっと照れくさそうな表情になった木野内に、唯智のほうも首をかしげた。謎かけみたいな台詞だと思う。木野内は唯智の怪訝な顔を見て、やっぱり嬉しげに微笑んだ。

「次の買い物も、唯智の意見聞かせてね」

「なにを買うんですか？」

「うちの母親の、誕生日プレゼント。まだ一か月くらい先なんだけどね、早めに」

「……意見を述べてもかまいませんが、僕、涼祐さんのお母様がどんな方かまったくさっぱり存じ上げませんけど」

「唯智が好きか嫌いか言ってくれればいいよ」

量販店を出て表通りを進みながら、木野内はかるく身をかがめて唯智の耳元に口を近づける。

「家族へのプレゼント一緒に選ぶのって、いかにもつきあいの長いカップル、って気がしない？」

「……」

そういうものだろうか、と唯智は首をひねった。たしかに、親しくない相手とは一緒に買わないだろうけれど。

考え込むときゅっと手が握られ、数秒寄り添って歩いてしまってから、肩まで痺れが駆け抜けて、唯智は慌てて振り払った。

「なにしてるんですか！」

「やっぱり手をつなぐのはだめ？　デートっぽくしたかったんだけどなー」

「だめですいやです論外です！　こんなに大勢人がいるんですよ!?」

「わかった、もうつながない」

睨む唯智の剣幕に、木野内はたじろいだようだった。唯智は熱っぽくなってしまった手をこすって顔を背けた。恥ずかしい。手だけでなく、腕全体がまだじんじんしている。胸もどきどきしていて、唯智は自分の身体のその反応にいらいらした。

（これだから、先輩に触れるのはいやなんです）

あんなに警戒していたつもりだったのに、木野内はまったく油断がならない。帰ったらめちゃくちゃなセックスをすると宣言しているくせに、どうして外でまで触るんだろう。

憤然とそう思うと、身体はよけいに熱くなった。そうだ。デートはそれらしくなくてほっとしてしまったけれど、これが終わったら——セックスが、待っている。

恥ずかしさで目眩がして、足がふらつきそうだった。よく晴れた昼間の往来で、いやらしいことを考えている自分がいたたまれない。

忘れなきゃ、忘れなきゃと思いつつ足早に歩くと、木野内が呼びとめた。

「唯智、こっち」

手招きされ、むっすりしたまま彼と一緒に百貨店の脇で道を曲がる。脇道の少し先にあるビルの階段を上がると、二階は可愛らしい女性向けのセレクトショップになっていた。店内には数人の女性客がいて、唯智は自分たちが目立ちすぎる気がして俯いたが、木野内は慣れた様子で棚の商品を手に取る。

「今年はストールにしようかなと思ってるんだ」

「……毎年、きちんと贈り物してるのですね」

「うち家族仲いいから。このフリンジ可愛いなあ、どう思う？」

淡いサーモンピンクの、ふりふりした飾りのついたストールを、木野内は唯智の首元にあてがってくる。唯智は唇をへの字にしてみせた。

「僕はおそらく、涼祐さんのお母様とは似ていないと思われます」

「でも肌のトーンはちょっと似てると思ってさ。うん、唯智によく似合うよこのピンク。可愛いけどわりとシックなデザインだから、唯智にも買ってあげようか？」

「けっこうです。ピンクなんか似合いたくありません」

「機嫌悪いね、ごめんってば。俺はピンク好きだよー。ん、こっちの千鳥格子もいいかも」

愛想のない唯智の態度に、木野内は困ったように微笑んで、別のストールを手にする。赤と白の変わったチェック模様のそれを広げてから、思い直したように棚に戻す。

「ストールじゃなくて香水でもいいかもな。唯智、どう思う？……って、なんでそんなに離れてるの？」

「触られたくないので」

「わかったってば。もう手はつながないから」

苦笑され、唯智はこれ以上は大人げない気がしてため息をついた。これだけアピールしておけば、木野内だって触りはしないだろう。

（それに、用心していれば身体がはしたない状態にはならないはずですし）

さっきよりは動悸もおさまっているし、身体も熱くない。デートのあとに待っている行為を極力頭から追い出してしまえば、もう大丈夫だろう。

唯智は警戒しつつも木野内に歩み寄り、手元を覗き込んだ。

「僕は香水に関しての知識はまったくありませんが、女性で好きな方は好きですよね」

透明なガラス瓶に古風なラベルが貼られた小さな香水は、見た目はいかにも女性が好きそうな感じだった。

「こっちは鈴蘭だって。ちょっと手首出して。大丈夫、触らないから」

テスターを手に促され、唯智は逡巡してから手を上げた。ジャケットを少し持ち上げて手首を差し出すと、木野内はそこにしゅっと香水を吹きかけた。

「匂い嗅いでみて？」

「……甘い匂いがします。思ったよりもさっぱりしていて、可愛らしい感じでしょうか」

「じゃあ、次はこっち。プルメリア」

反対の手首に吹きかけられた香水は南国のような香りで、そう言うと木野内は小さく笑った。

「唯智とハワイ行くのも楽しそうだな」

「なんですかそれ。行きませんよ。急に休みは取れませんから」

脈絡がなさすぎる、と唯智が顔をしかめると、木野内は笑っただけでなにも言わなかった。かわりに別の瓶を取って、後ろ向いて、と言う。

「後ろ？」

訊き返しつつも、唯智はくるりと踵を返した。

「なにもありませんけど」

「首、ちょっと貸して」

後ろになにかあるんですか、と訊こうとしたら、しゅっ、という音が耳元でして、ひんやりうなじが濡れた。

「これは薔薇。……ん、いい香り」

すう、と木野内の顔が首筋に近づくのがわかって、唯智は瞬間的に立ち竦んだ。

一瞬で頭に血がのぼる。触れてはいないけれど、木野内の顔が、唇が、うなじのすぐそばにあって——熱を感じる。

まるでいつもいたずらをしかけられるときみたい、と思ったら、ずきん、と身体の芯に熱い痛みが走った。

（嘘っ……どうしよう）

動けなかった。触られてもいないのに、唯智の股間は燃えるように熱くなっていて、ずきずきとそこが脈打っているように思える。

（嘘……うそ、なんで。キスされたわけじゃないのに）

心臓もどきどきとうるさかった。きゅうっととがったように感じる乳首は痺れたようで、意識するといっそう硬くなった気がした。膝が震える。

脚から力が抜けそうだ。できることなら振り返って木野内にすがりつきたい、という衝動がこみ上げ、唯智は目の前が真っ暗になるのを感じた。だめだ。全然だめだ。

過剰に反応した挙句に木野内を頼るだなんて、一番非常識な、だめなことなのに。

（こっ、こんな変態になったら、僕は結婚できません……！）

「薔薇はありがちかなーと思ったけど、これがやっぱり無難かな。薔薇だけどしつこくない香りだし」

「……っ」

唯智の身体のあさましい変化に気づいていないのか、木野内は独り言のような音量で囁いてくる。その囁きにまで感じてしまい、じぃんと腹の奥が痺れて、唯智は小さく震えた。

「唯智ならどの匂いが好き？　……唯智？」

返事をしない唯智の異変に気づいたのか、木野内が訝しげに腕に触れてくる。「大丈夫？」と顔を覗き込まれ、唯智はよろめくように一歩離れて、木野内の手を振り払った。

「触らないでって言いました……！」

「触るって、ちょっと腕に触っただけ──って、唯智、具合悪い？」

悲鳴みたいに掠れた唯智の声に、木野内の顔が曇る。再度手を差し伸べられて、唯智はかぶりを振って後退る。

「こんなっ、こんな変になってて……僕が孤独死したらどう責任取ってくれるんですか！」

ただならぬ声に店中の客がこちらを見るのがわかっても、唯智は口を閉じられなかった。

「もし僕がみんなに嫌われてて、結婚できなかったら、先輩のせいです……っ」

掠れた声で叫んで、唯智は店を飛び出した。身体が熱くて、悲しかった。階段を駆け下りようとして、うまく脚に力が入らず、壁に手をつく。

「唯智！」

後ろから木野内の声がして、逃げなくちゃ、と思うのに、動けなかった。それでもどうにか数歩階段を下りたところで追いつかれ、壁に押しつけるように囲われて、息がつまった。

「いやっ……！」

腕をつっぱって押し返しても、木野内はびくともしなかった。

「唯智、危ないからあばれないで。謝るから。首に香水、いやだった？　デートだと思って、ちょっと浮かれすぎたよね。ごめん」

必死さの感じられる、でも丁寧な声で謝られ、唯智はよけいに悲しくなった。木野内は悪くない。どちらが悪いかといったら、昼間からいやらしいことを考えて、触られてもいないのにおかしな反応をした——あさましい自分のほうだ。

「……す、みません。帰りたいです」

頑なに俯いて、唯智は木野内の視線から逃げた。ごめんなさい、と呟くと、木野内はため息をついて離れた。

「わかった、じゃあ帰ろう」

「いえ。今日は、自分のマンションに帰ります」

「そんなに怒ってる？」

「……どちらかというと、自分自身に腹が立っています」

「なんでだよ。わかんないよ……ね、せめて、一緒に帰ろう。今の唯智をひとりにはできないよ」

「涼祐さんは買い物を続けてください」

「そういうわけにはいかないだろ。唯智のほうが大事だ」

木野内は怒ったように言い、一度だけ、唯智の肩に触れた。

「おいで。歩ける？」

「――――はい」

もう一度拒もうかと思ったが、デートを中断させた申し訳なさもあって、唯智は結局頷いた。ぎこちなく足を動かして階段を下り、木野内に導かれるまま表通りに出ると、木野内はタクシーをつかまえてくれた。

木野内のマンションに戻る頃には、あの発作のような熱は引いていて、ただいたたまれなさだけが残っていた。過剰反応した挙句に怒鳴るだなんて、大人として恥ずかしい。

こんなだから結婚できないのではないでしょうか、と思うと暗い気持ちになった。寂しいのはいやで、嫌われたくなくて、きちんと上手に振る舞おうと努力しても、ちっともうまくいかない。

「はい、紅茶。ミルクティー、熱いから気をつけて」

「……ありがとうございます」

ソファーに座らされた唯智は、木野内にカップを差し出されて小声で礼を言った。たっぷり牛乳を使ったロイヤルミルクティーは香りも濃厚で、口に含むとほんのり甘かった。

「……デート、涼祐さんが楽しみにしていたのに、すみませんでした」

「いいよ。自業自得かなって気もするし。唯智が距離置いてるのわかってたのに、わざと耳のそばで喋ったり、頭撫でたりしたしね」

自嘲する表情の木野内に見下ろされ、唯智はまばたきして見返した。

「それは……気がつきませんでした」

「うん。距離置いて、触らないでって言うわりに油断してるなーと思ってた。それが俺に気を許してくれてるのかなと思えて嬉しくてさ。ちょっと調子に乗った。ごめんね」

改めて謝られると居心地が悪くて、唯智は身じろいでミルクティーに口をつけた。立ったままの木野内が、静かな声で訊いてくる。

「今日、自分のマンションに帰る？」

「──そうですね。できれば」

できれば、距離を置いて身体と心を静めたかった。こんな状態で「めちゃくちゃなセックス」なんか、とてもできる気がしない。

木野内は「そうだよね」と苦笑すると、かろやかな口調で言った。

「もしどうしてもいやになったなら、もう終わりでもいいよ、同居も、恋愛の練習も」

「え？」

びっくりして顔を上げると、木野内は自嘲するように微笑む。

「だって、明日またデートの仕切り直しとか、したいと思う？　今晩俺とエッチするの無理だなー、とか思わない？」

「それは」

できない、と思いつつ、唯智は口ごもり、それから首を横に振った。

練習を、今やめるのは困る。今日失敗したからこそ、もっと頑張らなければ。

「その……性行為は、避けたい気持ちですが、三か月の練習のほうは……やめたくありません。言い出したのは先輩でも、やると決めたのは僕ですし、恋愛は思っていた以上に難しいなと思ってますけれど、結婚はしたいので――頑張ります」

「結婚かあ」

木野内はため息をつき、唯智から離れてソファーの端に座った。

「幸せになりたいんだっけ」

「はい」

「唯智のその幸せは、結婚しないとだめな幸せなの？」

横に座った木野内の声は静かで、どうしてかそちらを見るのはためらわれた。唯智はカップを見つめて頷く。

「だって、それが一般的ですから」

「結婚しなくても幸せな人たちはたくさんいるよ」

「それは理解していますが」

それではだめなんです、と言いかけて、唯智はミルクティーをもう一口飲んだ。優しい、甘い味。理由を言わないまま押し通してもよかったが、面倒な練習につきあってくれて、挙句に迷惑をかけた木野内には、ちゃんと話したいと思う。

「僕には、叔父がいたんです。母の弟で」

「叔父さん？」

木野内が怪訝そうにこちらを見るのがわかったが、唯智は顔を上げなかった。

「破天荒、というのでしょうか。定職につかずに新しいことに手を出しては失敗する人でした。大酒飲みでギャンブルが好きで、いつも派手な格好をしていて、快活だけど自分勝手な人です。僕のことは可愛がってくれたんですが……ぬいぐるみを買ってくれたり、服を買ってくれたり。でも、いつも借金を作っては母と父にお金をせがんだりしていたみたいです。母は叔父を嫌っていて、僕が叔父からプレゼントをもらうのもいい顔をしませんでした。唯智は男の子なのにピンクのうさぎのぬいぐるみなんてなにを考えてるのかしら、人に借金払わせておいて、……そんな感じで」

「ああ……親戚にそういう人間がいると、大変だよね」

木野内がソファーに寄りかかる音がして、聞いてくれるのだ、と思うと少しほっとした。

「叔父と母は顔をあわせると喧嘩ばかりだったので、僕はプレゼントは嬉しいけど、叔父さんが来るのは怖いなと思っていました。叔父も母も、喧嘩するくせにいつも悲しそうというか、つらそうな顔をしているのがいやでしたし、父がおろおろして疲れきってしまうのを見るのもいやでした」

「うん。わかる」

「でも、あるとき、僕のことで母と叔父が喧嘩してしまって。――僕が、幼稚園のお遊戯会で、クラスお揃いで着るTシャツの色が二種類あって、青とピンクだったんです。僕はピンクを選んでしまったんですよね。それで女の子と間違われて、クラスの男の子にからかわれて、参加した保護者の人たちにも笑われて、僕自身もショックでしたけど、母が『あんたに似て変な子に育っちゃったらどうしてくれるの、二度と来ないで』と叔父に怒鳴って……僕まで、母に嫌われてしまう気がしました」

「それ――つらくなかった？」

木野内の声が悲しそうに揺れて、唯智はようやく、彼のほうを見た。榛色の目がまっすぐに唯智を見つめていて、なんだか不思議な気持ちになる。苦手なはずなのに、どこかほっとするような。

「つらかった、です。怖くて、だからなんでも母の言うとおりにしました。小学校に上がってからは、周りから浮かないように、先生にもクラスメイトにも嫌われないようにするのが、僕にとって一番大事なことでした。努力はけっこううまくいっていて、まあまあ平穏に、普通の生活を送っていたんですけど」

思い出すと氷を飲み込んだように身体の内側が冷たくなって、唯智はミルクティーのカップを握りしめた。

「――十歳になったときに、叔父が死んだんです」

「死んだって……どうして」

「原因はわかりません。変死だと聞きました。オーストラリアで、井戸の中から見つかって……死後二週間くらい経っていて、祖父母が確認にいくのをいやがったので、母が確認にでかけていって。ずいぶんひどい状態だったそうです」

「それは……大変だったね」

木野内の声は優しかった。相槌を打たれるといやな記憶の威力も薄まるようで、唯智は少しだけ笑った。

「僕は大変ではなかったですけど、ショックではありました。すごく怖かったんです。冷たくて暗い場所で死ぬのも、死んだあとに何日も見つけられないのも」

絶対にいやだ、と思ったのを今でも覚えている。母は死後でも叔父に冷たく、「自業自得よ、死ぬときまで迷惑をかけるなんて」と怒っていたから、心底、叔父のようにはなりたくないと思った。

「結局、母の確認で遺体はやっぱり叔父だということになって、お葬式をあげたんですが、彼は親戚中に借金していたみたいで、なかなか殺伐としたお葬式でした。誰にも好かれず、死んでも惜しんでもらえないこともあるんだなとよくわかるお葬式で――それでよけいに、僕は堅実で普通で一般的でいたいと思うようになりました。叔父のようにみんなに嫌われるのが……すごく怖くて」

　叔父の存在と彼の死のことは、誰にも打ち明けたことはなかった。なんとなく気恥ずかしくて、唯智は小さくつけ加える。

「まあ、誰にも嫌われないようにするにはどうしたらいいかを考えて、社会的規範をきちんと守るようにしようと努力したら、どういうわけか『変わっている』とか『真面目すぎる』と言われるようになってしまって不本意なんですけど」

「唯智は、普通じゃないかもだけど、いい子だよ」

　木野内は優しい声で言った。

「じゃあ、叔父さんみたいになりたくないから、結婚したいわけだ」

「ええ。結婚すれば、ひとりにはなりませんから。それに両親だって喜んでくれますし、子供が生まれれば安泰でしょう。社会的にも望ましい行為ですし——悲しい死に方をする可能性も下がります」

　言い終えてミルクティーを飲んで、唯智は木野内のほうに身体ごと顔を向けた。

「言い訳みたいになりましたが、なので、僕はどうしても結婚しようと思っていますので、残りの二か月、どうぞよろしくお願いします」

　真摯に話したのだから、わかった、と言われると思っていたのに、木野内は相変わらず難しい顔だった。

「無理しないほうがいいと思うな、俺は」

「無理はしていません。努力しようと思っています」

「だって、そんなに真面目で一生懸命なのに逃げちゃうくらい、俺に触られたり、いちゃいちゃしたりするのはいやなんだよね」

「それは――さっきのは」

ぼっ、と顔が熱くなって、唯智は俯いてうなじに触れた。匂いを嗅がれた場所。平日にいたずらするとき、いつも木野内がキスする場所。

「さっきのは……僕の身体が、その、いわゆる……よからぬ反応をしそうになって、恥ずかしかった、からです」

「えっ」

恋愛の練習はどうしても続けたい。そのためにはきちんと打ち明けようと思ったのだが、木野内はびっくりしたように声をあげ、唯智はいたたまれなくて早口になった。

「よからぬと言っても決して勃起したとか、もよおしたとかではなく、その、少しおかしな気分になったというだけですが、あのように公の場所ではしたないことには変わりなく、道徳的にも非常に反省すべき状態だと思って、だから」

「わかった、わかったよ唯智。ごめん」

ぽんぽん、と肩を木野内が叩く。そのままそっと抱きしめられて、抗いかけたものの、木野内のあたたかさを感じると自然と力が抜けた。木野内の腕の中は心臓がどきどきするから居心地が悪いけれど、ぬくもりはありがたかった。

冷えきってしまった胸の内側も、あたたかくなっていく。おとなしくなった唯智の頭を、木野内はゆっくり撫でてくれた。

「まさかそっち方面だとは思わなくてびっくりしたけど、それだったらすぐ言ってくれたらよかったのに」

「言えません、外でなんか」

「次そういうことがあったら、俺にしか聞こえないように耳打ちしてくれたらいいよ。——あー、ほっとしたらすごい、たまんないな」

木野内は微笑して、唯智の顔を覗き込んできた。

「嫌われちゃった、と思ったからさ。ね、こうやって抱きあったりしてると、まだよからぬ反応しちゃいそう？」

「——しません」

硬い声を押し出したけれど、木野内の優しい瞳を見たら、心臓がどくん、と跳ねた。

「し、しないように、これから努力します」

「唯智……そんなに、ひとりはいやなんだね。だったら俺が」

木野内は楽しそうなのに少し寂しげに呟いて、ぎゅっ、と唯智を抱きしめ直した。

「俺ならずっと……るのに」

ほとんど聞こえない独り言のような声は苦しそうで、唯智は居心地悪く身じろいだ。

「あの……涼祐さん？　よく聞こえなかったのですが」

「……ああ、ごめんね。なんでもないよ」

木野内はふー、と大きくため息をついた。

「言っても仕方ないことだから、忘れて。それより、一緒にお風呂に入ろうよ。仲直りの印に」

「お風呂に一緒に入るのが仲直りというのは理屈が通っていないと思いますが」

「理にかなってるよ、お互い裸で思う存分いちゃいちゃできるもん。仕事にかまけてほっといてごめんねという気持ちを込めて、サービスしてあげる」

ちゅ、とおでこにキスして、木野内は立ち上がって唯智の手を引いた。気乗りしません、と思いつつ、唯智は木野内の言うとおりにしようと立ち上がった。

服を脱いで、二人で使うには少し狭いバスルームに入ると、木野内は唯智の後ろに立ってシャワーを身体にかけてくる。すうっ、と肌を撫でられて、唯智は俯いて言った。

「今日は、本当にごめんなさい」

「気にしなくていいよ。唯智がいっぱい話してくれて、結果的には嬉しかったから。嬉しいだけじゃなくて、寂しいなあとも思ったけど」

「寂しい？　涼祐さんが？」

首をかしげた唯智に、涼祐はこたえなかった。かわりにシャワーヘッドを壁にかけ、背中から抱きしめてくる。

「唯智の願いを、叶えてくれる人がいるといいね」

「ふっ……あ、……っ」

むき出しの肌と肌が密着して、唯智は震えて壁に手をついた。木野内の手が、腰骨のあたりから下腹部へ、おへそを通って胸へと這い上がってくる。

「んんっ……、ふ、……ぅ」

身構えていても、乳首を指先でこすられると身体が揺れた。つきつきと痛みさえ訴える乳首を、優しく捏ね回される。背中や尻が木野内の身体とこすれあって、濡れてなめらかな皮膚の感触にどきどきしてしまう。

(あ……涼祐さんの、少し硬くなってる……)

尻の丸みに木野内のものが当たって、唯智はぶるっと震えた。俯いた視線の先では、唯智の分身も赤らんで勃ち上がりかけている。

「ん、ん、……くぅっ、ふっ……」

「唯智、声我慢しなくていいよ。唇噛まないで開けて」

片手で乳首を弄りながら、木野内が唇に触れてくる。隙間から指が押し込まれて、舌に触られると、ぼうっと口の中が熱くなった。くちゅっ、くちゅっと、指で口内をかき混ぜられて、閉じられない唇の端から唾液が伝う。

「は、んぅ……あ、……んむっ……は、ぁっ」

「口の中気持ちいいんだね。お尻動いてる。乳首も硬くなったよ」

ぴったりと自身を押しつけながら、木野内は耳に舌を這わせて囁いた。つまみ上げられた乳首も、弄られている口の中も、お尻も、触られていないはずの性器もじんじんした。壁についた手をぎゅっと握りしめても、木野内の性器を意識すると、どうしても腰が前後に動いてしまう。

「あふぅっ……あ、……んぅ、ン、……は、あッ、ん……っ」

「可愛いなあ、唯智の声。お尻でこすってくれてありがとね。唯智のも硬くなったかな?」

「あっ、あぁっ、や、あぅっ」

「もうぬるぬるじゃん。これじゃ、外で触られたりしたら大変だったよね。パンツにシミできちゃうもんね」

「っ、なんで、そんな、いじわるっ……あ、あっ、あっ」

ちゅぽっ、と指が口から抜かれて、両手で性器を包み込まれ、唯智はがくがくする足を踏みしめた。下半身が溶けそうにだるくて、立っているのがつらい。木野内の手が股間に

回っていなかったら、崩れ落ちてしまいそうだった。

「だって唯智とのセックス楽しいんだもん。反応が可愛いから、どんどんいっぱい、いろんなことがしたくなるの」

いたずらっぽく言いながら、木野内は唇を首筋に這わせた。

「まだ、いい匂いがするね」

「――っあ、あぁっ、や、アぁッ」

くりくり、と鈴口を指先で弄られて、強烈な快感でぎゅっと背中がしなった。揺れる腰をしっかりと抱えるように、木野内は右手で唯智の性器を掴んで放さず、先走りを塗り込めるようにそこばかりこすってくる。そうしながら左手は陰嚢を掬い上げ、優しくそこを揉んだあと、その奥――孔にまで指を伸ばして、揉みほぐすように触られた。

「あっ、ああっ、だめっ、そこ、やぁっあ、あーっ！」

つぷん、と指先が埋め込まれて、身体が竦んだ拍子に、唯智はびゅくびゅくと射精した。精液を吐き出す唯智のそれを、木野内は促すように何度も扱く。達しているのにさらに刺激され、痛いほどの快感が腰から頭まで突き抜けた。

「ひっ……ん、やぁっ……や、いっ、いっぱい出るっ、あぅ、また、あぁ……っ」

「うん、もっと出していいよ。溜まってたよね」

「あ、あ、ぁあ――！」

優しげな声を出しながら容赦なくこすられ、孔に挿入した指をくいっと曲げられると、ひときわ強烈な衝撃が走って、今度は勢いよく透明な液体が飛び散った。粗相したような感覚に、びくん、びくん、と身体が痙攣し、涙が溢れた。

「ひ、ん……も、漏れっ……もれちゃ、あっ」

「恥ずかしいの？　これは男の子の潮吹きだから大丈夫だよ。絶頂に射精が間にあわないくらい感じましたって証拠」

「だ、じょうぶじゃ、な……は、ふぁ、あ……っ」

頭の芯まで痺れたようだった。小刻みに震える身体はどこも言うことを聞かず、木野内に撫でられてキスされて、だらしなく抱きかかえられている。

「まだお尻の孔ひくひくしてる。いっぱい潮吹きできたね……唯智、ほんと可愛い。身体洗ったら、お尻の孔でも達かせてあげる。指三本入れたら達けるもんね」

ぐったりした唯智を抱きしめてキスを繰り返しながら、木野内はあやすように囁いた。ごりっ、と硬いものが尻に当たって、唯智はちかちかする目をまばたいて、のろのろと木野内を振り返った。

恥ずかしくてたまらないけれど――訊かずにはいられなかった。

「指、って……りょうすけ、さんの、いれない、んですか……？」

「うん。お詫びだからね。唯智だけ気持ちよくなってよ」

優しく頬を撫でて木野内が微笑む。「俺の入れちゃうと、唯智明日がつらいでしょ。また立てなくなっちゃうよ」

「……っ」

翌日まで残る、尻にいつまでも木野内を挿入されているような感覚を思い出すと、かあっと腹の底が熱くなった。あれはいたたまれないし恥ずかしすぎる。でも。

「……でも、僕だけ……このような、淫らな状態のほうが、いやです」

「——唯智」

「これは、恋愛の練習で……涼祐さんに好きになってもらうための行為ですから」

涙で痛い目をまばたいて、唯智は木野内をじっと見上げた。

「ですから、そ——挿入して、涼祐さんも……気持ちよくなってください」

「——そんなに」

木野内はまるで傷ついたような、悲しい顔をした。ふっと顔を逸らした木野内は、強く唯智を抱きしめる。

「そんなに必死に努力されると困る……つらいけど、けしかけたのは、俺だもんね」

「涼祐さん……？」

つらそうな声だ、と思って問い返した唯智の声に、木野内は今度もこたえなかった。かわりに両胸を、きゅっとつままれる。

「あッ、……や、急に、したらぁっ……あっ」

「じゃあ、入れるね。立ったままは初めてだもんね、入れたらこの、可愛いおっぱいいっぱい弄って気持ちよくしてあげる。少しゆっくりにするから、つらかったら言って」

「は、あっ、あ、わかり、ました……っ」

尻のあわいに、さっきよりも硬く育ちきったものがこすりつけられ、唯智はほっとするのと同時に、これからの長い、甘い責め苦を予感して、ぞくぞくと身体を震わせた。


それきり、平日の「いちゃいちゃ」はぱたりとなくなった。

木野内が唯智に気を使ってくれているのか、それとも呆れてしまったのか判断がつかず、唯智はしばらく悩んだ挙句、自分からデートに誘うことにした。

十一月も半ばの金曜日に、明日はデートに行きませんか、と切り出すと、木野内はびっくりした顔をした。

「明日？」

「はい。このあいだのやり直しとお詫びも兼ねまして、途中で、お母様へのプレゼントを選ぶ行程も組み込んでありますので、つきあっていただけますか」

真面目に言うと、木野内は困ったように微笑んだ。

「唯智から誘ってくれるなんて、すごく積極的になったね」

「涼祐さんの出方を待つだけでは、いい結果が期待できないと思いまして。三か月も先輩の時間をいただくのですから、できるだけ有意義だったと思える結果を残さないと」

唯智なりに、よく考えての行動だった。木野内になにかしてもらうのがいつのまにか当たり前になっていたけれど、もともとは唯智が木野内に好きになってもらうために努力する、というのが本筋のはずだ。受け身でいるのは間違っている。

どうでしょう、ときりっと問いかけると、木野内は淡く笑って頷いた。

「いいよ。唯智とでかけるの楽しいから」

「……ありがとうございます。実はもう予約をしていたので、よかったです」

翌日、木野内を連れて向かったのは、青山にある陶芸教室だ。どこに行く、とは伝えないまま向かい、白いビルの四階にある教室のドアを開けると、木野内は目を丸くした。

「へえ、陶芸？」

「かたちを作るところまでで、釉薬や焼くのは教室の人がやってくださる、簡単な体験教室ですけど、懐かしいかな、と思いまして」

「ほんとだ、懐かしいね」

ふわっと木野内が目を細めたので、唯智はほっと胸を撫で下ろした。ほかの体験コースの参加者と一緒に簡単な講習を受け、エプロンをつけて、木野内と並んで座る。

「唯智、なに作るの？」

「……涼祐さんの家に、カフェオレボウルがひとつしかないので、もうひとつ作って差し上げようかと」

「わ、ありがとう。できあがったら俺とカフェオレ飲んでくれるってこと？」

「一回くらいは」

そういうつもりでカフェオレボウルを作ろうと思ったわけではないが、唯智は一応頷いた。二つ器があったら、いずれ木野内が結婚したときも、相手の人と使えるだろうと思ったからだ。

「じゃあ俺は、どうしようかなあ。追加料金払えば二個作ってもいいんだよね。そしたらお茶碗にしよ」

木野内は慣れた手つきで土を叩き、土台を作っていく。唯智も自分のろくろの上に土を載せた。土を丁寧に叩いた上に、ひもづくりした土を積み重ねて器のかたちにしていく。久しぶりに触れる土の感触は気持ちよく、綺麗なかたちにしようと思うと無心になる。厚みを整え、ろくろを回して内側を木べらでなめらかに水びきしたら、縁の部分を仕上げてできあがりだ。

木野内も手際よく二つの茶碗を作り上げて、側面には動物の足型のはんこを押していた。

「猫ですか？」

「足跡？　うーん、わかんないけど、俺は犬のつもりで押してみた」

犬が好きなんだよね、と木野内は言い、唯智はちょっと考えてから口をひらいた。

「僕は猫が好きです。残念ながら」

「似てないところあったね」

木野内はかるく苦笑したが、特にこだわる様子もなく立ち上がった。犬のよさを力説されたり、猫も好きだと主張されたりするかなと思った唯智は意外に感じたが、自分から話題を掘り下げる気にはならずに、黙って手を洗う。

一か月半後には完成品が届くというので、三つとも木野内の自宅宛に発送してもらうよう手配して教室を出たあとは、近くの喫茶店に入った。

「ここ、カフェオレがたっぷり出てくるんだそうです」

「調べてくれたの？」

「デートで下調べは基本ですから」

「まめだなあ。デート向きな感じの店だね。ランチもおいしそうだし」

調べたときから予想はついていたが、店内は女性が多い。それでもこの店に来ることにしたのだから、努力は認めてほしい、と唯智は思う。すらりと背の高い木野内は案の定女性客の視線を集めていたが、彼は気にする様子もなく、窓際の席に座るとにこにこした。

「なんか急に、唯智の彼女にランクアップした気分で楽しいね、こういうのも」

「――でしたらよかったです」

窓の外を眺める木野内の横顔を、唯智はそっと見つめる。長い睫毛。かすかに笑みをたたえた嬉しそうな口元。以前となにも変わらず、やっぱり楽しそうだから、きっと嫌われてはいないはずだと思うけれど。

(どうして……あんなに好きだった『いちゃいちゃ』を、しなくなったんでしょう)

訊いてみたいとずっと思っているのだが、家で訊くとまるでせがんでいるように思われそうだし、外で口にするのにふさわしい話題とも思えない。かわりに、唯智は用意してきた話題を繰り出した。

「僕の勤めている会社は、インテリアやエクステリア関連のものを商品として取り扱っているのですが、涼祐さんも、インテリア関係のお仕事でしたよね」

「うん、そう。唯智もなの？」

木野内は予想どおり、素直に目を丸くしてくれる。

「とはいっても、会社で独自の製品を作っているわけではないし、僕は管理部署なので、この会社ならではというような内容の仕事ではないのですが」

「そっか。でも偶然職種が近いってうれしいね」

「……これも、似ている箇所に入りますか？」

紅茶のカップ越しに問いかけると、木野内はふわっと微笑んだ。

「そうだね」

優しい声の、期待どおりの返事だった。なのに、なんだか予想と違う気がして、唯智はぎゅっと唇を結んだ。

こまかく観察すればなにも変わっていない木野内なのに、どことなく、微妙に、以前とは違う。

「唯智がそんなふうに考えてくれたのかーって思うと、めちゃくちゃ気分いいなあ。カフェオレもおいしいし。でも、器は唯智の作ってくれたカフェオレボウルのほうが趣《おもむき》あるよね」

「それは贔屓目だと思います」

「贔屓目じゃないよ。だってあれは世界にひとつしかないんだから」

ふふっ、と木野内は笑う。朗らかで穏やかで慈しむような眼差しは変わらない。「いちゃいちゃ」が急になくなったから、変わったような気がするだけかもしれない、と唯智は思うことにした。

他愛ない会話をして喫茶店を出たあとは、いくつかリストアップしておいた女性向けの店を回って、木野内の母へのプレゼントを買った。新宿のレストランで夕食を食べて、二人でマンションに帰り着いて、唯智はリビングで木野内と向かいあった。

「それで、今日のデートは、点数でいうと何点で、どんなご感想でしょうか」

「そうだなあ……」

薄手のコートを脱ぎながら、木野内はしばし考え込み、ちらっと唯智を見た。

「七十点で、感想は複雑、かな」

「――それは、まったくだめなデートだったということですか？」

予想よりはるかに低い点数と思いもよらない感想に、眉間に皺が寄った。木野内はよしよし、と頭を撫でてくれる。

「唯智が俺のこと考えてくれたんだなーっていうのは嬉しかった。でも唯智は、俺のこと好きなわけじゃないんだなーっていうのも伝わってきたから、それが悲しかったから七十点で、感想は『複雑』だけど、普通の女の子なら、こうやって相手のこと考えてあげたら喜んでくれると思うよ。そういう意味では合格じゃない？　好みは人それぞれだから、絶対の正解はないしね」

慰める声音で言われても、納得はできなかった。むむむ、と唯智は唇を曲げた。

「しかし、現在は僕は涼祐さんに好きになってもらうべく努力しているわけなので、今日の結果は残念です。もうひとつ、試してみてもいいですか？」

「いいよ、なに？」

あっさり頷いた木野内の顔を見つめ、唯智は意を決して床に膝をついた。

「では、口で……しゃぶりますので」

「待った！」

慎重な手つきで木野内のウエストのボタンに手をかけると、木野内が慌てたように腰を引いた。

「試してみたいって、それ？」

「はい。以前に好きだと言っていたので」

「言ったけど……コツはメモしてあげてないし、いやそうだったじゃん」

「でも、涼祐さんは好きなんですよね。好きになってもらえるならばやりますと、以前もちゃんと言いました。それから、ええと、騎乗位でしたっけ。それもします」

ひざまずいたまま唯智が見上げると、木野内は目元を押さえてため息をついた。

「唯智、努力するとなったらとことんだねぇ。それだけ結婚したいってことか」

「ずっとそう言ってます」

「うん。そうだよね。わかってたんだけど」

もう一度ため息をついて、木野内は唯智を見下ろした。

「でも今口でしてもらったら、優しくしてあげられないからやめて」

「でも」

「かわりに、ちゅーしてよ。唯智から」

ね、と髪の毛を梳かれ、さわりと肌が粟立った。親密さを窺わせる触れ方は久しぶりだ。遅れて胸が熱くなり、唯智はぎこちなく立ち上がって、首を伸ばした。ずれないように気をつけて、唇を木野内の唇に押し当てる。

我ながら、下手だなあ、と思えるキスだった。

失敗した、と悲しくなって離れると、木野内は案の定、困ったように微笑んで「ありがと」と言った。

「お茶淹れようか」

「お茶もいいですけど……い、いちゃいちゃは、しなくていいんですか？」

キッチンに向かおうとする木野内の袖を掴むと、木野内は振り返っていたずらっぽく目を細める。

「だって、あんまり触りすぎて唯智が俺と別れたあとに、本当に女の人とセックスできない身体になっちゃったら困ると思ってさ。それとも、触ってほしい？」

指でかるく顎を撫でられ、唯智はむ、と唇を曲げた。

「ほしくありません」

「じゃあ、なくていいでしょ」

「しかし、それでは……」

言い淀むと、木野内は優しい顔になった。

「唯智がいちゃいちゃしたくなったら言って。そうしたらしてあげる」

「し、したくなりました」

「今の流れだと嘘だからだめ。――ほんと、唯智にはまいるよ」

榛色の目がどこか寂しそうに笑って唯智を見つめてくる。

「じゃあさ、また俺とデートしてよ。そうだなあ……木曜日がいいかな。前に行った『ディンブラ』で待ち合わせしよ？　それで、週末また一緒にでかけようよ」

「――わかりました」

「お茶淹れるね」

ぽん、と頭に手が置かれ、袖を掴んでいた手がそっと外される。唯智は眉間に皺を寄せつつ木野内の背中を見送った。今日は失敗はしなかったはずなのに、成功している気もしない。

(誰かに相談できたらいいんですけど)

こういうときに一番訊けそうな存在は木野内くらいで、本人に相談したって意味がない。

親しい友人がいないのはこういうときに困ります、と思い、唯智はふっと思いついた。

親しくはないけれど――訊けそうな人なら、いる。

「へー、そんなことになってたんだあ」

テルはもぐもぐとアラビアータを食べながら、唯智をもの言いたげに見つめてくる。唯智は顔をしかめて言い返した。

「なにか？」

「べつにー。ノンケって不思議な生き物だなーと思って。にぶい上に残酷っていうか」

「テルくん、いじめちゃだめだよ。せっかく相談してくれたんだから。いいことじゃない」

テルの向こうから眼鏡をかけたみっくんが顔を出して、にこっと笑いかけてくる。

「大丈夫、今までどおり、リョウのこと考えて行動してあげれば、きっと好きになってもらえるよ」

「……今までどおりにしていてもうまくいかないので、相談しているのですが」

唯智はため息をついて手元の紅茶を見下ろした。なにか飲みますかとマスターに訊かれ、お酒以外でと言ったら、淹れてくれた紅茶だ。店名が茶葉の産地の名前だなとは思っていたが、マスターは紅茶が好きなのだそうだ。紅茶を使ったカクテルもあると言われたけれど、アルコールでは失敗が続いているので、普通のホットティーにしてもらった。

唯智が『ディンブラ』のマスター経由で「相談したいことがある」と呼び出したゲイカ

ップルの二人は、それぞれ炭酸水とピンク色のカクテルを飲みながら、例のアラビアータを食べている。快諾して来てくれたのはとてもありがたいのだが。

「もう少し参考になりそうなアドバイスをお願いします」

唯智が真面目な顔を向けると、テルとみっくんは顔を見あわせた。眼鏡のみっくんが腕を組む。

「唯智くんはさ、今まで何回も失敗してきたんだよね。リョウだけじゃなくて、女性とさ」

「涼祐さんとはまだ失敗するとは決まっていません。練習ですし」

「うん、そうなんだけど。失敗した原因は全部同じだと思うんだよね、聞いた限り」

「――同じ?」

唯智はぎゅっと眉をひそめた。二人にはどうして木野内と恋愛ごっこをすることになったか、経緯説明として過去の恋愛についても伝えたけれど、聞いただけでわかるようなだめなところがあるのだろうか。

みっくんはちらりと自分の恋人であるテルのほうを見てから、頷いた。

「唯智くんさ、誰のことも、好きになったことないでしょ」

「……ですからその練習のために、今涼祐さんと頑張っています」

「頑張ってもできないのが恋愛なんじゃないかな。恋に落ちる、って言うでしょ。したくてもできないくせに、したくないときにははじまっちゃったりするのが恋だから」

ちらっともう一度テルを見たみっくんは、恋人と目があうと優しい目つきで微笑んだ。

「もう嫌い！って思っても嫌いになれなかったり、距離を置こうって自分で決めたのに、離れたらつらくてたまらなかったり……ままならないから、恋は『落ちる』って言うんだよ、きっと」

「つまりね、唯智くんがまず、リョウくんのこと好きになったら早いと思うよ、っていうのが僕らからのアドバイス。ね、みっくん」

「うん、そうだね」

たくましい腕を伸ばしあって肩を抱き、ちゅっ、とキスする二人を、唯智は半眼で見つめた。見慣れたせいか嫌悪感はなく、かわりになんともいえず胸がちくちくした。幸せそうだ。人前でべたべたするのなんかごめんだと思うのに。

「先輩のことは、好きにはなれません。だって、これはあくまでも練習ですもん」

紅茶のカップを握りしめて呟くと、テルが「またぁ」と呆れた声を出した。

「そんなこと言ってるからいっつもうまくいかないんだよ。僕は悪くないと思うよー。リョウくんいい人だし、この機会に好きになっちゃえば？」

「好きになろうとしてなれるものではない、という先ほどの説と矛盾してますが」

「そこは気合いだよ気合い！」

ぐっと力こぶを作って見せられ、唯智はぷいっと顔を背けた。せっかく相談したのに、あまり参考にはならなかった。

「俺もリョウと唯智くんのカップルなら応援するんだけどな」

「ねー、みっくんもそう思うでしょ。僕も応援しちゃうー」

「いえ、応援とかはけっこうですので」

そっけなく二人に返したところで、入り口から木野内が入ってきて、唯智は少しほっとした。木野内は唯智を見ると小さく笑って、歩み寄ってくると背中に手を添えた。

「先に来てたんだ？　紅茶飲んでるの？　紅茶のカクテルもおいしいよ」

「アルコールはやめておきます」

「酔っ払った唯智も素直で可愛いけどね」

笑った木野内はさらっと唯智の髪を撫で、ビールとアラビアータを注文した。

「食事は？　唯智もなにか食べなよ」

「そうですね……なにかおすすめがあれば」

「俺はポテト明太グラタンと、バジルのピザが好き」

「じゃあ……涼祐さんも食べるなら、グラタンとピザを食べてみます」

「マスターじゃあ追加ね」

「かしこまりました」

カウンターの内側でマスターが微笑み、横ではテルとみっくんがなぜかため息をついた。

「ねえちょっとみっくん。相談乗る必要あったかなー？」

「いらなかったかもね。でもいいじゃない、うまくいかないよりは」

「ちょっ、相談のことは黙っててください！」

唯智は慌てて振り返った。「涼祐さんには内緒なんですから！」

「あれ、なにか内緒話してたの？」

肩越し、木野内が顔を出して、きゅっと腕ごと抱き寄せられて、唯智は首を振った。

「だから秘密です。なんでもありません」

「僕ら、唯智くんからリョウくんに好きになってもらうにはどうしたらいいでしょう、って相談されてたんだよー」

「つ、だから言わないでって！」

「で、どうなの。実際どこまで進んでるの？」

「エッチはしたよ」

かっと赤くなる唯智をよそに、淡々と木野内が言って、唯智はぱくぱく口を開け閉めした。木野内は唯智の顔を見てくすりと笑う。

「身体の相性はいいよね、俺たち」

「なっ……か、身体だけみたいな言い方しないでください！　似てるところあるって言ったの涼祐さんじゃないですか！　レンコンとか！」

叫び返したら一瞬しんと静まり返り、それから唯智以外のみんなが噴き出した。

「やだ、ちょっと可愛いじゃん。唯智くん、もう認めたら？　リョウくんのことが好き、って」

「認めるもなにも、まったく好きなんかではありません」

「好きになれる見込みもない？」

「当たり前です。僕はゲイではありませんので」

唯智がそう言うと、テルは優しい顔をした。

「ゲイじゃなかったのはわかってるけど。僕から見ると、唯智くんはリョウくんのこと、好きにならないようにブレーキかけちゃってるみたいに見える。本当はもう好きなのに、それを認めるのがいやなんじゃない？」

「――変な」

苛立って否定しようとして、唯智は胸に痛みを覚えて口をつぐんだ。心臓のあたりが、硬いもので突かれたみたいに痛くて熱い。こめかみまで痛くなって、唯智は首を振った。

「変なこと言わないでください。そんなこと、あるわけないでしょう」

「そんなにきっぱり言われると傷つくなー」

横で、木野内が苦笑した。

「テルさんありがとね。でもそのへんにしといて、唯智とは単なる恋愛ごっこで、期間限定だから」

「リョウくんまでそんなこと言うのー？」

テルが不満げに唇をとがらせて、唯智はさっきよりも強い痛みに俯いた。

(恋愛ごっこで、期間限定——そのとおりなのに、なんだか……)

はっきり木野内にそう言われるのは嬉しくはなかった。唯智自身が何度も木野内に対して主張してきたことで、忘れていたわけではもちろんない。木野内を好きになりたいわけでもないし、木野内に本気で好きになられたら困るとも思う。でも。

(——なんで、痛いんでしょう)

「そのかわりさ、記念写真撮ろうと思うんだよね。唯智との恋愛ごっこは、俺にとっては今後の生活のための思い出作りだから。今週末、少しスタジオ借りられない？」

飄々と言った木野内に、テルとみっくんは顔を見あわせてから頷いた。

「土曜日のお昼過ぎまでなら大丈夫。午後三時からは予約が入ってるけど、そこまででよければ」

「全然オッケー。よかった。せっかくだからプロに撮ってもらいたいなーと思って。唯智、つきあってくれる？」

木野内に声をかけられて、唯智はのろのろと顔を上げた。木野内はくすっと笑う。

「写真撮ったら告白してあげるから、そしたら残りの一か月はめいっぱいいちゃいちゃして過ごそうよ。両思いになって結婚したらどんなふうにいちゃいちゃするかのシミュレーションするのも、唯智には必要そうじゃない？」

「それは……」

「それか、写真撮り終わって告白したあとで、振ってくれてもいいけど」

「――」

俺はどっちでもいいよ、とあっさりつけ加えられ、唯智はぎゅっと唇を結んだ。いちゃいちゃは、このまえは唯智がしたくなったら言えと言ったくせに、と思う。今日はまた、木野内のほうから「いちゃいちゃして過ごそう」と言うなんて、彼の考えていることはよくわからない。でも――まだなにも学べていないのに、練習を終わりにされるのは困る。

「わかりました。やってみます」

頷くと、木野内は目を細めて笑った。慈しむような表情で、「努力家だよね」と呟いて、頭を撫でてくれる。

「唯智は、きっと幸せになれるよ」

丁寧な口調だった。とくん、と小さく心臓が音をたて、唯智は黙って木野内を見つめ返す。仄暗い明かりでもわかる、榛色の穏やかな瞳。

絡んだように思えた視線は、木野内のほうから逸らされた。

「――さ、食べよ。浜崎さん、もうグラタンできてるよね？　いい匂いがする」

「はい、焼き上がってます。どうぞ」

カウンターの上にいい焼き色のついたグラタンが置かれて、唯智はふわふわした気分でそれを見下ろした。ホワイトソースの香りが鼻をくすぐって、おいしそうだな、と思うのに、なんだか現実感がない。

木野内が取り分けてくれたグラタンを口に運び、テルとみっくんも一緒にピザをわけあってみんながなごやかに雑談をはじめても、唯智は半分ぼうっとしていた。酔った感じに似ているけれど、意識ははっきりしている。なんだろう、としばらく考えて、唯智はお風呂に入ったときみたい、と思いついた。

身体も気持ちもゆるんで、心配事がなにもない感じ。

（……涼祐さんに『幸せになれる』なんて言ってもらっても、なんの保証もないのに）

でも、涼祐が簡単に言ったわけではなく、唯智の話を聞いて、唯智と暮らした上で心から言ってくれたのは、よくわかっていた。軽薄でも適当でもなく、大切な友達を励ますみたいに、唯智を励ましてくれたのだ。

バジルソースがたっぷりのピザの端っこを噛みながら、唯智は横の木野内を盗み見た。木野内はマスターと話しながらにこにこしている。来月の二十五日には別れて、きっと二度と会わない人なのに――すとん、とあたたかい場所におさまったみたいに、安心している自分が不思議だ。

幸せになれるんですって、と口の中だけで呟いて、唯智はもぐもぐとピザを食べた。グラタンもピザもおいしい。本当の性格はいい加減で軽薄な先輩の言うことを真に受けるなんて愚かだと思うけれど——いくら考えてみても、唯智は今までで一番、安堵してやすらいだ気持ちだった。


やわらかく自然光が差し込むスタジオで、唯智は困惑して立ち尽くしていた。

「唯智くん、表情が硬いよー。大丈夫、襲わないから安心してにっこりしてね」

三脚に載せた立派なカメラの向こうで、テルが大きく手を振った。その横に立った木野内は、真っ白なタキシードに身を包んでいる。結婚式で新郎が着るような、あの白い衣装は、長身で顔立ちもはっきりした木野内によく似合っていた。それに比べて、と唯智は自分を見下ろす。

着せられたのは木野内とお揃いの白いタキシードで、手には白い花とグリーンの葉をあわせたブーケを持たされている。この格好でにっこりしろと言われても。

「……これじゃ結婚式みたいじゃないですか……」

「披露宴しないカップルに人気なんだよこの貸衣装。うちは同性カップルに優しいスタジオを目指してるから」

眼鏡を押し上げながらみっくんがにこにこして、「似合ってるよ」と言ってくれた。唯智は首を振る。

「お世辞はけっこうです。僕は背も高くないし、肩幅もないので、涼祐さんみたいに似合わないのはわかっています」

「じゃあ、ウエディングドレス着る？　男性用も用意してあるよ」

「いえ、そういうことじゃなくて」

そもそも、結婚式みたいに見える衣装だということがいたたまれないのだ。口ごもると、木野内が苦笑して近づいてきた。

「べつに本当に結婚するわけじゃないからいいじゃん」

「それはそうですけど……なんでわざわざ」

「それはねえ」

木野内は唯智の襟に触れて、かたちを直してくれながら、楽しげに言った。

「このあいだ、唯智が叔父さんの話してくれたでしょ。それで、俺が今の仕事はじめたときに考えてたこと思い出したの」

「お仕事のこと？」

「ものをデザインするときにね、一番の理想はユニバーサルで、どんな立場や年齢や性別の人でも、楽しく気持ちよく使えるものがいい、と俺は思うんだけど、完全なユニバーサルデザインって難しいんだよね。でも、たとえば男だから使えないとか、女性だから使えないとかは、やっぱりいやだなーと思うんだよ。男女の差なんて、ちょっとの考え方でどうとでも埋められるんだから」

「それは、わかりますけど。でも僕が白いタキシードを着る意味はわかりません」

「俺がウエディングドレス着てもよかったんだけどね。それも固定観念かなーと思って、だから二人ともタキシードにしたの。大勢とは違うかもしれないけど、これはこれで素敵だなっていうかたちを手元に残しておけたら、これから仕事するときも初心を忘れないと思って」

木野内はふわっと笑って、かるく唯智の頰を撫でた。

「なんて言って、唯智の結婚式っぽい姿を見たいって気持ちのほうが強かったりもするんだけどね」

「――またそうやって、すぐちゃかして」

唯智は顔をしかめた。木野内はごめんごめん、と適当に謝って、カメラのほうに向き直る。

「テルさんよろしくー。素敵なツーショットにしてね」

「まかしといてー。唯智くん、もっとリョウくんと寄り添って。リョウくんはもうちょっと脚ひらいて」

「これくらい？」

「そうそう、バランスいいよ」

カシャカシャとシャッター音が響く。立ち位置を変えたり、みっくんが椅子をセットしてくれたりして、何枚も撮られるうちに、唯智もだんだん慣れて、諦めの境地になった。にこにこはとてもできないが、目を伏せて、と言われれば目を伏せるくらいはできるようになり、二十分ほどの撮影はあっというまに終わった。

テルは撮影したデータをパソコンに映し出してくれ、「好きなやつ選んでね、何枚でもいいよ」と言うとみっくんと二人で出ていった。唯智は木野内と並んで座り、パソコンを覗き込む。

「——さすが、プロですね」

滑稽に見えるのでは、と思っていた唯智だったが、写っている自分は思ったよりも様になっていた。木野内のほうは文句なく美しく、優しい光に彩られた写真は絵のように綺麗だ。むすっとした表情の唯智まで、生き生きと見える。

「俺も趣味で撮るけど、やっぱりプロは違うよね。テルさんの写真って、優しい感じがするところが好きなんだ」

「人によって違うんですか？」

「うまくなればなるほど違うよ。みっくんだと、もっとエッジが効いた、かっこいい感じに見える。本人は優しいイメージなのにね」

木野内はたくさんあるデータを順番に表示させていき、結局、最初のほうの一枚を指差した。

「俺はこれがいいな。唯智はどう思う？」

「――僕が不機嫌そうな顔ですけど」

「照れてるみたいで可愛いじゃん」

木野内は嬉しそうに言い、唯智は「照れてません」と否定してから、頷いた。

「涼祐さんが所有する写真ですから、涼祐さんが気に入ったのでいいと思います」

「ありがと」

笑って、木野内が唯智の顔を覗き込んだ。

「今も、照れてる？」

「――ですから、照れてません」

低くなった囁きにどきりとして、唯智は視線を逸らした。それでも、近い距離から見つめられているのがわかると耳が熱くなる。予告されていた告白を今からされるのだ、と考えると、痛いくらいに心臓が速くなった。

「この写真、一生大事にするよ。この先唯智が誰とつきあっても」

指先が頬に触れて包み込む。俯きかけた顔を持ち上げられて、唯智は唇を震わせた。なにが起きるかわかっているのに、動けない。

「唯智が、好きだよ」

小さな囁きと一緒に口づけられ、自然と瞼が落ちた。乾いてやわらかい唇がしっとり唯智の唇を包んでいる。数秒、そのままじっとしていた木野内は、キスをやめると唯智の頭を撫でた。

「帰ったら、いっぱいいいちゃいちゃしようね」

「――はい」

唐突に涙が出そうになって、唯智は急いで頷いた。胸が苦しい。苦しいのにふわふわした気分で、一昨日から変です、と唯智は思う。

なんで、ふわっと宙に浮かんでしまいそうな気持ちになるんだろう。熱っぽく胸の奥がうずうずするのに、セックスのときと違って不思議と穏やかだ。穏やかなのに、落ち着かない。

木野内にやんわりと抱きしめられて、唯智は彼の肩先におでこをくっつけた。

「涼祐さん……あの」

「うん？」

身体にやわらかく響いてくる木野内の低い声が心地よい。言いたいことがたくさんあるような気がするのに、いざとなると言葉が出てこない。唯智はじれったく思いながら、ため息を零して呟いた。

「僕が、この練習を活かして結婚できたときは、招待しますので、結婚式には、ぜひいらしてくださいね」

クリスマスを過ぎたら二度と会わないものだと考えていたけれど、それはいやです、と唯智は思う。こんなに親しくつきあってくれた人はほかにいないから、一生大事にしたかった。

(親友って、こういう人のことをいうのでしょうね。離れたくないくらい……大事だって思える人)

自分からも木野内の背中に手を回したら、少しだけ落ち着かなさがやわらいで、再びため息が出た。ぴったりくっつくと安心する。理由はわからないけれど、ずっとこうしていたいくらいだ。

ぎゅ、と木野内が唯智を抱きしめ返してくれる。

「わかったよ。行くように、努力する」

その低い声は先ほどまでとは違い硬く強張っていたのに、生まれて初めて味わう充足感でいっぱいな唯智は、ちっとも気づかなかった。

自分から離れる気にはなれなくて、木野内が抱きしめてくれるのをいいことに、ドアがノックされるまで、彼の腕の中でじっとしていた。


すっかり冬らしくなり、スーツの上にもコートが必要な時期になった。雨が降るとことのほか寒く、日も短くなって、あまり好きではない季節にさしかかったというのに、唯智はひとりで春の中にいるみたいに、ぽわん、としていた。

寒いのに、寒くない。クリスマス用のイルミネーションを見ると、プレゼント買わなきゃですね、などと思ってふわふわするし、晴れているのに木枯らしが吹けば、あたたかいものを食べてソファーでのんびりしたいなあ、と思ってほっこりする。

かといって仕事に手がつかない、ということもなく、毎日定時で帰れるように、就業時間は却って集中するくらいだった。

今日も、道の向こう側の店頭に置かれた小さなもみの木を見つけて、プレゼントはなにがいいでしょうか、とふわふわしかけた唯智は、同僚の声にはっと振り返った。

「舞島、会社に戻るのそっちじゃないぞ。珍しいな、舞島がぼーっとしてるの」

「あ……すみません」

ひとつ年上の営業部の人は、春の展示会へ向けた特別チームの一員だ。今日はランチミーティングのために、チームのみんなで昼食に来て、会社に戻るところだった。唯智が恥ずかしさに顔を赤くすると、海外部の別のメンバーがにやにやした。

「それがさ、最近は舞島、ランチタイムはわりとぼけっとしてるんだって。管理部の同期が言ってたもん。しょっちゅう愛妻弁当持ってくるんだってさ」

「えっ、舞島結婚してたの？」

「――まだです」

「まだなのに愛妻弁当かー。俺はランチは外で食べたい派だけど、いかにも新婚って感じは羨ましいな」

美人なの？　と営業部の彼が肩を小突いてくる。いえそんな、と唯智は困って口ごもった。愛妻ではないし、かっこいいとは思うが美人でもない。というか、弁当を作っているのは男だ。でも、羨ましい、と言われるのはいやではなかった。

「料理、すごく上手なんです」

照れながらぽつんとそう言うと、一瞬黙ったほかの二人は、揃って盛大なため息をついた。

「真面目っぽいやつにのろけられるとダメージでかいわー」

「照れて自慢なんかしやがってちくしょー。いいなー俺も結婚しようかな」

「のろけてはいません。僕はただ事実をですね」

「その言い方がのろけてるだろ」

呆れた顔をされ、唯智は違うのに、と思いながら口をへの字にした。本当に、本当のことを言っただけだ。二人は「今度のランチは舞島がおごれ」と理不尽なことを言い出し、唯智は「横暴です」と抗議しかけて、口を開けたまま固まった。

大通りの向こう側に、木野内がいた。見覚えのあるトレンチコートを着て、片手には黒いケースを抱えている。一瞬ぱあっと舞い上がった心は、隣に並んだ女性の背中にエスコートするように添えられた手を見た途端、凍りついた。

(涼祐さんが……僕じゃない人に触ってる)

「舞島?」

足をとめた唯智に、営業部の男が訝しそうに声をかけてくる。唯智はにこやかに笑っている木野内を見つめたまま呟いた。

「あのひと……」

「あの人?　……ああ、ヘイゼルワンの木野内さんじゃん」

唯智の視線を追って通りの向こうに目をやった彼はこともなげに言い、唯智はびっくりして振り仰いだ。

「知ってるんですか?」

「プロダクトデザインの会社の社長だよ。うちで取引のあるメーカーとも仕事してるし、たしか海外の会社とも仕事してたと思う。今回の展示会に入れるK社の照明のデザインもヘイゼルワンだよ」

「——そう、なんですか」

近い職種だとは思っていたが、まさか社内に木野内を知っている人間がいるとは思わなかった。海外部の男が首をかしげる。

「舞島、木野内さんのこと知ってるの？」

「大学の、先輩なんです。学部は違いますが、サークルが……同じで」

「へー、奇遇だなぁ」

感心したように言われても、唯智は木野内から目を離せなかった。信号待ちで立ちどまっている木野内と女性は、充分親しげに見えた。

じっと見ていると、ふと木野内がこちらを向いた。まるで視線に気づいたかのように顔を上げ、唯智を見つけて驚いた顔になる。唯智はひやりとしたが、木野内はすぐににこっとして、かるく手を振った。

不思議そうに唯智を見た隣の女性になにか説明しているらしい木野内に、唯智は黙ってかるく会釈した。そのまま、逃げるように早足で歩き出す。

親しそうだった、と思うとよじれるように胸が痛んだ。

「えっ、舞島、挨拶とかしなくていいの？」

「いえ。知り合いですが……親しいわけではないので」

「なんだよ、挨拶くらいしてもよかったのに。せっかく先輩が近い仕事してるんだから」

同僚はもったいなさそうに言ったが、唯智はそれどころではなかった。

(綺麗な女の人……背中、僕にするみたいに、触ってました)

あんなにふわふわした気持ちだったのが嘘のように、岩みたいな硬い塊が喉をふさいでいる。ずっしりと身体が重たく、急に風の冷たさがこたえた。

会社に戻っても手が冷たくて、午後の仕事をこなすあいだも、重苦しい気分は少しも晴れなかった。定時で上がる気にもならず、区切りのいいところまで仕事して、木野内のマンションに戻る。

「ただいま、戻りました」

「おかえり」

いつもと同じように木野内がキッチンから顔を出す。唯智が近づくと、ちゅ、とかるく唇が重ねられ、唯智は強張ったままキスを受けとめた。

「あれ？　今日は唯智からのお返しはなし？」

木野内は普段と変わらない表情でおどけたように言った。唯智は口をひらきかけてやめ、それからもう一度口をひらいた。

「昼間……一緒だった方、綺麗な人ですね」

「やきもち？」

唯智の硬い声と表情にも、木野内はかるい調子を崩さなかった。

「美人でしょ。仕事先の人なんだけど、最近仲良くしてるんだ。ちょっときつそうに見えるのに意外と家庭的なところもあって……まあ、彼女候補のひとりかなとは思ってるよ」

「――そうですか」

「この答えで満足？」

にこやかなまま問われ、唯智は木野内が怒っているような気がして俯いた。ちくちくといやな感じに胃が痛い。

「……僕が満足とか、そういうことじゃないでしょう。大事なのは事実関係です」

極力冷静にと念じながら言った唯智の頭に、木野内はかるくキスした。

「大丈夫。仲良くはしてるけど、唯智に振られるまでは誰ともおつきあいはしないから――顔上げてよ。やきもち焼いてる顔見せて？」

「ですから、やきもちではありません」

否定しつつ顔を上げると、掠めるように口づけられ、唯智は胸をふさぐ痛みにため息をついた。

「こう、いうの……よくないと、思います」

「キスのこと？」

訊きながら木野内がまた唇を押し当ててきて、目眩がした。やわらかくてすっかり馴染んでしまった唇の感触が気持ちいいことに、悲しい気分になる。

「そうです。ほかに、気になる人がいるのに、他人と肉体関係を持つなど」

木野内は珍しく、皮肉っぽい笑みを浮かべた。

「今さら、唯智がそんなこと言うの？　好きでもない俺とさんざん寝ておいて」

「だって」

言いつのろうとして自分でもよくわからなくなる。そうだ。自分のしていることだって正しい行いじゃない。お互い、これは寄り道だ。非常識で不道徳な寄り道。

木野内は木野内で結婚して、唯智は唯智で結婚するのが、一番正しい本来の姿だ。

そう考えて、いやだ、と思った。あの女性と木野内が結婚して、唯智とのことがなかったことにされるのはいやだ。唯智の作ったカフェオレボウルを、あの人と二人で使う木野内を想像すると気持ちが悪い。木野内が唯智の身体にしたように、優しく撫でたりキスしたりするのは――吐き気がする。

ぎゅ、と唇を噛むと、木野内が苦笑した。

「唯智、拗ねてるの？　困った子だね」

「……拗ねてなどいません」

「拗ねてくれたほうが嬉しいんだけど。唯智が本気で俺のこと好きになっちゃったみたいで、いい思い出になりそうだからさ」

言うなり唇にキスされて、たまらなく悲しくなった。差し込まれる舌が口の中を舐め回すのは気持ちいいのに、いやだった。

「んんーっ……ん、む……っ、は、や、いや、……いやで、す……」

いやなのに、力が入らなかった。キスされることに慣れてしまった身体は簡単にくたくたになって、木野内の腕の中に閉じ込められたまま、逃げることもできない。無防備な耳に、首筋に木野内の唇が触れると、じゅくん、と下腹部が疼いた。

「や……は、ぁ、いや……涼祐さん……、やめ、」

「いやならやめようか。今すぐ、終わりでも俺はいいよ」

ごく冷静な声で言われて、唯智は唇を噛んだ。やめたいんだ、と思う。木野内はたぶん、もうこの関係を終わりにしたいのだ。ちょうどいい女性が見つかったからか、あるいは、唯智の相手が面倒になったからか——十二月二十五日までもうひと月もないけれど、その時間がもったいないに違いなかった。

(——もしかして、写真を撮ったときの告白も、もうやめたい、と思いながら言ってくれたんでしょうか)

唯智をあんなにも幸せな気分にしてくれた告白。唯智なら幸せになれるよ、と言ったときも、いちゃいちゃしよう、と言ってくれたときも。

ああそうだ、この「恋愛ごっこ」の最初から、木野内はずっと言っていた。自分はいつやめてもかまわないと。

一度だって、好きでいてもらったことなんかない。

「——……やめないで、ください」

唯智は夢中で木野内の背中に手を回した。強くしがみつく。

「やめたく、ありません」

「珍しいね。セックスしたくなっちゃったんだ？」

からかうように意地悪な声音で木野内が訊く。そうじゃないです、と唯智は思って、でも頷いた。性行為をすれば続けられるなら、いくらだってしたい。

「してください」

言いながら頬をすり寄せて、唯智は自分自身に呆れた。すごく正しくない気持ちだ。どうしてこんなにいやなんだろう。もう充分、恋愛の感覚は掴めたと思うから、いつ終わったって困らないはずなのに、やめたくないなんて異常だ。木野内の事情も顧みない自分本位な願望で、そのためには性行為も厭わないのだって不道徳だ。

異常で迷惑でわがままで——わかっているのにやめられない。

まるで、恋してるみたいに。

「ベッドまで行くの面倒だし、ソファーでしよう。ソファーではちゃんとやったことないもんね」

木野内は突き放すような調子で言って唯智の手を引いた。面倒、と言われてざっくりと傷ついたが、唯智はおとなしく従った。

「自分で服脱いで、よつん這いでこっちにお尻向けて」

「……はい」

やはり、木野内は怒っているようだった。きっと唯智が、本当の恋人でもないのに女性のことで口出ししたりしたからだろう。唯智は萎えそうな気持ちを奮い立たせて、着ていた服をすべて脱いだ。下着も脱いでたたみ、ソファーの上で膝と手をつく。

「もっとお尻上げて。ローション使ってほしいでしょ？」

「は……い」

ぶるっと震えが走って、唯智は言われたとおり尻を高く上げた。そこに冷たいローションが直接かけられて、びくん、と竦んでしまうと、「だめだよ」と声が飛ぶ。

「お尻はずっと上げておかなきゃ。弄りにくいでしょ」

「はい……ごめんなさい」

冷たいとろみのある液体が太腿を伝うのが気持ち悪かった。木野内はたっぷりローションをかけたあと、おもむろに尻を掴み、割り広げると、窄まりに触れてくる。

「……っ」

「おねだりしたわりに、ぎゅって縮んでるね、ここ。ゆるめてよ」

「それはっ……ゆるめ方は、わからな、あっ、あ、ぁ」

「入れてあげるから、いつもみたいにとろとろにしてごらん？」

いつになく冷ややかに聞こえる木野内の声に、身体の芯が竦んだ。それでも、指先で襞を揉みほぐされ、内部に入れられてこすられると、おなかの奥は濡れたように熱くなる。もう何度もこうやって木野内を受け入れていることを思い出すと、全身がざわざわと波打つようで、唯智は額をソファーにこすりつけて喘いだ。

「ふぁっ……あ、あ……なか、……っ、気持ち、い……っ」

「この、コリコリしたところが好きなの？」

「アッ、は、い……好き……っ、あ、ンッ」

「好きなのはここだけ？　奥は？」

「ぁうっ、おく、おくもっ……すき、ぃ……っ」

指が増やされ、ぬぷっ、ぬぷっ、と出し入れされると自然と腰が揺らめいた。深くまで入れられるといったんきつく締まる内部はすぐにやわらかくほどけ、引き抜かれればまとわりつくように窄まって、くっきりと木野内の指を感じるたびに、下腹部は熱く痺れた。

「ああ……、あ……っ、あ、ぁ……っ」

気持ちがよくて、でも物足りなかった。もっと深くまでほしい。もっと太くて熱いもので奥まで貫いて、なにもかも忘れてしまうような強烈な快感を与えてほしい。

もっと、と口走りそうになり、唯智は背をしならせて耐えた。熱い。もどかしい。あと少しで射精できそうなのに、なかなかそこまでたどり着けないのが苦しかった。

「あっ……りょ、すけさ……あぁっ……、は、あっ」

「唯智、お尻の振り方エッチになったね。すっかり上手になって、もっともっとって言ってるみたい」

木野内は尻の丸みを撫でた。

「いつもみたいに、指だけで達きなよ。できるよね？　精液飛び散らないように手でペニス押さえて、でもこすっちゃだめだからね」

「んっ、い、いけ、ます……っ、いく、から……っ」

指が抜けていきそうになり、唯智はきゅんと締めつけて悶えた。言われたとおり手で性器を覆い、いっそう大きく自分で腰を振って、精いっぱい与えられる快楽を享受しようとする。

(ちゃんと達きますから……やめないで……)

「んっ……ン、あ、……ん、ン、は、ぁっ、あ、ア……ッ」

身体をくねらせると、急にずんと指が深く突き立てられ、声が甘く上ずった。木野内は深々と指を埋めたまま、中を拡張するように指を折り曲げてきて、瞼の奥で激しく光が飛び散った。

「――っ、ひ、……あ、あ、……アッ……！」

達した、と感じたのに数秒遅れて、とぷっと精液が溢れ出た。指を呑み込んだ腹の中から性器にかけてびりびりと痺れて、たまらなく気持ちよく、同時にたまらなく苦痛だった。

「はぁっ……ふ、……あ、は、……ぁ……」

波が引くように絶頂感が薄まると、木野内は待っていたように指を抜いた。次はきっと男性器を挿入される、と思うとまた胸がざわめいて、唯智は入れやすいように、だるい尻を持ち上げた。そこが、優しく叩かれる。

「はい、おしまい」

「――え？」

「唯智は射精できたからいいでしょ。俺は、今日はちょっと気分じゃないから」

どきっとして振り返ると、木野内は顔を背けて離れていこうとしているところだった。キッチンへと向かいながら、振り返らずに声だけをかけてくる。

「シャワー浴びてきなよ。ザーメンべたべたで気持ち悪いでしょ」

「――は、い」

声だけは優しいのに、木野内の態度はそっけない。唯智はふらふらしながら身体を起こした。続けてください、とせがむのは、とてもできなかった。

ぼうっと熱い身体の真ん中、胸の奥だけがひんやりしている。緩慢にソファーから下りてバスルームに向かい、シャワーをひねると、あたたかいお湯に鳥肌が立った。

「……っ」

てのひらと腹を汚した精液がお湯に混じって流れていく。ねっとり濡れて感じる下半身のローションも洗い流すと、惨めさでなんだか笑いそうになる。

達しろと言われたから射精したのに、こんなふうに放り出されるとは思ってもいなかった。木野内に拒まれることはないと無意識に信じていた自分が馬鹿みたいだった。

唯智は胸に手を這わせた。いくら木野内に抱かれても膨らみもせず、貧相に痩せた胸の中心では、乳首が硬くそそり立っている。ここを可愛いなんて言ってくれたのは、単純にリップサービスだったのだろう。当たり前だ。木野内は女性と結婚するつもりで、そのまえにちょっと遊ぶために、唯智に恋愛ごっこを持ちかけただけなのだから。

結婚相手にふさわしい女性の候補が見つかったなら、嫌気がさしたって仕方ない。唯智だって、結婚するための練習としてはじめたことだ——そう考えつつ、唯智は唇を噛んで、乳首を押し潰した。

「んっ……く、」

痛くて気持ちよくなかった。脳裏に冷たい暗い穴が浮かぶ。井戸の底。折れ曲がった身体。痛くて寒くて惨めな死に方。今でも怖くてたまらないのに、乳首を弄る手はとまらなかった。

「りょ……すけ、さん。涼祐、さん」

名前を呼ぶといっそう、苦しさと惨めさがつのった。できるならバスルームを飛び出して、今からでも木野内に訴えたい。僕のなにがだめでしたか。直すので、だめなところがあったら言ってください。

でもそう言ったら、絵里子と同じ答えが返ってくるのもちゃんとわかっていた。唯智の努力でどうにかなるものじゃないよ。だって唯智は男だから。

困ったように微笑む木野内を思い浮かべて、唯智は乳首をつまんだまま泣いた。シャワーに混じって、いくらでも涙が溢れてくる。悲しくてつらい。木野内にもう抱いてもらえないことが。そばにいられないことが。

もしかしたら、二度と会うことさえできないかもしれないことが。

(どうしましょう。僕……涼祐さんと、離れたくない)

一年後に井戸の底で死にますよ、と言われても、木野内と一緒にいたい。そう思って、唯智は何度も自分の胸を撫でた。恋をすると張り裂けそうに悲しいだなんて、誰も言っていなかったけれど。

「僕……涼祐さんが、好きになっちゃいました……」

人を好きになったときの一般的で常識的な振る舞いとはどういうものだろう、と唯智は思う。

少なくとも、今の自分の振る舞いが一般的でないことは、ちゃんと自覚していた。きっちりはみ出さずに生きてきたけれど、今日はみ出してしまうことは憂鬱じゃない。不安なのは、この一歩を踏み出しても叶わないかもしれないことだけ。

絵里子を引きとめようと女装したときも非常識だったと思うが、あのときより今のほうがたちが悪いのは、アルコールに頼らずに同じことをしようとしていて、そうして一生やめなくてもいい、とさえ思うことだ。

クリスマス・イブ、唯智は準備を整えて、緊張しながら木野内の帰宅を待っていた。食事にでも行こうか、と誘われたのに、「それよりまっすぐ帰ってきてください」と頼んだから、もうすぐ帰ってくるはずだ。唯智は木野内よりも早く帰宅するために、わざわざ午後に半休を取っていた。

どぎまぎしながら胸元を直していると、玄関が開いた。ただいま、という声に唯智は立ち上がる。玄関が見える位置まで出迎えると、木野内の目が大きく見ひらかれた。

「お帰りなさい」

「──どうしたの、それ」

ぽかんとした声に、唯智は少しだけ笑った。ふんわり広がった純白のドレスの裾を持ち上げ、くるりと回ってみせる。しなやかな生地でできたウエディングドレスは、空気をはらんでかろやかに動く。レースで飾られた胸元や裾、肩を覆う可愛らしいかたちの袖、どこを取っても「いかにも」な花嫁のドレスだ。

「明日が最後じゃないですか。なので、着てみました」

「着てみましたって……借りたの？」

「いえ、ネットで購入しました。思ったよりは安かったです」

真面目に答えたら木野内は気が抜けたようにふわっと笑い、唯智の頭に手を伸ばした。

「似合ってるよ。純潔の花嫁、っていう感じ。──綺麗だ」

優しい眼差しに心臓が跳ねて、唯智は胸を押さえた。じっと見つめてもらえるほど綺麗ではないのは唯智が一番よくわかっている。本物の女性に比べたら半分も似合っていなくて、滑稽に違いない。なのに、木野内の榛色の瞳に見つめられると、どうしようもなく胸が震える。

「結局、三か月つきあっちゃったね」

唯智の髪を梳きながら、木野内はじっと唯智を見つめたままだ。

「本当は途中で何回か、もう無理、って思ったんだけどさ」

「そ……う、だったんですね」

ずき、と痛みが走った。なにも今言わなくても、と恨めしく思う。本気で好かれていないことはわきまえていても、言われたらやっぱりせつないものなのだ、と唯智はしみじみ実感した。せつなくなるということは、ほんのかすかな可能性を信じていたということでもある。なるほど恋とは愚かなものですね、と思いながら、唯智は一生懸命笑顔を作った。

「やめないでくださって、ありがとうございました。僕には、とても有意義な……大事な三か月でした」

「そっか。だったらよかった。予定どおり振られるのも悪くないかも」

木野内はにこっと笑って顔を近づけた。顔には触れず、唯智の肩を両手で掴んで唇が寄せられ、唯智は目を閉じてキスを受けとめた。

「好きだよ」

一回、二回。触れるだけのキスはお揃いのタキシードで写真を撮ったときに似ていて、きっともうあのときには僕は涼祐さんのことが好きでたまらなかったのですね、と唯智は思う。単なる皮膚の接触が特別な気がして、身体中がさざめく、この感じ。

「唯智――返事は？」

三回目のキスに続けて囁くように問われて、唯智は目を開けた。

「先輩のこと……嫌いです」

「そっか」

「なんて、とても言えません」

至近距離の木野内の顔が、意味を測りかねたように表情をなくすのを、唯智は思いのほか静かな気持ちで見つめた。

「涼祐さんのこと、好きになってしまったようなので、嘘はつけません」

「——唯智」

「涼祐さんが女性と結婚して幸福な家庭を築く計画なのはわかっていますし、それにふさわしいだろう女性の候補をすでに見つけているのも知りましたが、それでもいやだ、と思ったんです。僕としていたみたいな生活を、先輩が別の誰かとするのは。でも、僕には先輩の幸福の邪魔をする権利はありません。どうしたら一緒にいてもいいと思ってもらえるか、考えた結果、僕が女性になればいいのではないかという結論に至りましたので、今日はウエディングドレスを着ました」

「婚約してた彼女さんを引きとめたのと、同じ方法だね」

木野内は困ったように微笑して、唯智を見つめてくる。いいえ、と唯智は呟いた。

「同じじゃないです。あのときは女装だけでしたが、今回は、本当に手術を受けてもいいと思っています」

「唯智……自分がなに言ってるかわかってんの？」

木野内はますます困ったように眉をひそめて、悲しげな表情になる。困らせているんだな、と思うとせつないけれど、でも唯智はどうしても言いたかった。

「ちゃんと理解しています。もちろん、手術したところで子供は産めませんし、涼祐さんの一般的な幸福には貢献できないかもしれません。でもほかに方法が思いつかなくて。先輩が困るのは承知の上で今こうしてお話ししていますので、気にせず僕のことは振ってくださってかまいませんが、ただ」

たとえば胸が震えること。身体がふわふわしたこと。触れられると上がる体温も、唇や舌の感触も、木野内だけが唯智に教えてくれたものだ。たった一言で心の底から安堵する穏やかさも、未来の安定を捨ててもかまわないと思う情熱も。

「……ただ、言いたかったんです。僕が、あなたを好きになったって」

「そんなこと言わないでよ」

困りきった声で木野内に言われ、唯智は笑おうとした。ですから振ってくださっていいです、と笑って言おうとして、きつく抱きすくめられて息を呑む。

木野内はぎゅうっ、と唯智を抱きしめて、唯智の後頭部を引き寄せ、俯くようにして頬に頬を押し当てた。

「放せなくなっちゃうじゃん。唯智のこと、ずーっとずーっと俺だけのものにしておきたくなっちゃうじゃん……」

「……っ、涼祐さん」

「大学のときからずっと好きだったんだよ。でも唯智はノンケだからって諦めてたのに、そんな健気で可愛いこと言われたら、勘違いしてるだけかもしれないのに、放してあげられないよ」

力強い手で髪をかき混ぜるように頭を抱かれ、唯智はどきんとして腕をつっぱった。

「ま、待ってください。今の涼祐さんの台詞には訊きたいことがいくつもあるんですけど」

全然、信じられない。

(好きって、言いました？　涼祐さんが僕を——？)

「訊きたいのは俺のほうだけどね。いいよ、訊いてよ」

見上げると木野内は仕方ないな、と言いたげに小さく笑った。するっと人差指の背で頬を撫でられて、唯智はよくわからないまま赤くなった。どうしよう。予想していた展開となにもかも違う。

「……ええと、あの、大学のときから、ずっと——好きって、僕のことを？」

質問しつつ、ひどい思い上がりのような気がして俯いてしまうと、頭のてっぺんに木野内がキスした。

「それ以外に聞こえた？」

「か、勘違いだったら困るので……だって先輩全然そんな気配なくって、いつも女性とおつきあいをしてたじゃないですか。それに僕のことは好みじゃないって」

「嫌いって言われても、唯智にはべたべた触ってたでしょ。それに、再会していきなり『すごく好みだ』って言われたら引くと思って」

「――それは、そうですけど」

女性の部員だって触っていました、と思ったが、言えなかった。木野内はやんわりと唯智の腰を抱き寄せて、何度も頭にキスしてくる。

「部活の作品ちょうだいなんて言ったのも唯智にだけだよ。しかも、めちゃくちゃ大事にして今でも使ってるの、全然なんとも思わなかったの、唯智は」

「――単純に気に入ってるのかと……」

呆然と呟くと、木野内は仕方なさそうに笑い声をたてた。

「そういうにぶいところも可愛いんだけど。俺のこと、酔っ払って知り合いの店に迷惑かけた後輩がいたら、唯智じゃなくてもベッドに連れ込むような男だと思ってた？」

「……」

「挙句に恋愛の練習に三か月もつきあってあげるって、おかしいと思わなかったの？　先輩にとっては迷惑なのではないでしょうか、とか言っちゃって、俺がただのお人好しだとでも思ったんでしょ。唯智を落とすチャンスがほしくて言ってるだけだって気がつかないんだもんね、唯智は」

「ち、ちょっとは変だなと思いました！」

「でも結局丸め込まれて、同棲して、エッチされまくって、俺の思惑どおりに俺のこと好きになっちゃったとか思ってるくせに」

顎の下にしっかりと唯智を抱き込んで、木野内は低い声で言った。

「失恋したところに優しくされまくって、初めて気持ちいいことされて、好きかもと思ってもらえないほうがおかしいと思ってたけど、実際勘違いされるとすごくしんどいね」

まるで怒ってでもいるような声音に、唯智は慌てて身をよじった。

「待ってください。その勘違いっていうの、異義があります」

唯智は無理やり、木野内の腕の中で顔を上げた。視線があうと木野内は寂しげに笑う。

「異義？　いいよ、聞いてあげる。放してはあげられないけど」

「――どうして、勘違いだって決めつけるんですか」

「だって唯智、今まで誰のことも好きになったことないでしょ。それに、あんだけ俺がお膳立てしても、女性と結婚する気しかなくて、人に向かって『結婚式にはぜひいらしてくださいね』とか言ったんだよ」

「言いましたけど――そんなの、仕方ないじゃないですか」

唯智はむ、と唇を曲げた。なぜだろう。好きですと告白して、相手にもずっと好きだったよと言われたのに、すんなりいかなくて責められるなんて理不尽だ。

「だって、初めてなんですから。なかなかわからなくたって、致し方ないと思います。それに、勘違いではありません。本当に、先輩のことが」

好きなんです、と言おうとして喉がつまった。

この恋する気持ちを証明する方法が、唯智にはない。キスも手をつなぐのも身体を重ねることも、全部「練習」としてやってしまったから、特別に木野内とだけすべきことがもうなにもないのだ。

「……やっぱり、先輩と恋愛の練習なんかするべきじゃなかったです」

「唯智」

「大事に取っておかなかったから、好きだからキスしますとか、性交しますって言えないじゃないですか。こんなに苦しくて、誰にも取られたくなくて、寂しくて、胸がどきどきするのに」

「——唯智」

「涼祐さんといられるなら、いつか寂しく死んでもいいって思ったのに。家族には祝福してもらえなくても仕方ないって諦めてもいいから、一緒にいたいって思ったのに。ほかの誰かが、涼祐さんと僕みたいに暮らすのは絶対に絶対にいやだって思うのに……っ」

声が掠れた途端、また強く木野内に抱きしめられて、唯智は震えて息をついた。木野内は小さく「ごめんね」と囁く。

「ウエディングドレスまで着てくれるくらいだもんね。そんな悲しい顔させて、ごめんね」

「……、涼祐、さん」

「俺も唯智が好き」

ざわっ、と全身がさざめいた。頭からつま先まで痺れが駆け抜けて、胸がいっぱいになった。木野内の甘くて苦しい声が、鼓膜をとおして全身に沁みていく。

「ずっと好き。今まで、唯智ほど好きだって思った人はいないよ」

「……、っ」

「唯智が可愛くてたまらないから、ずっと言いたかった。唯智が寂しいのがいやなら、俺がそばにいるよって。唯智がひとりで死ななくてすむように、ずっと手をつないでおいてあげるって」

唇が耳朶に触れて、ふわっ、と目眩がした。足元の床が雲に変わってしまったみたいにおぼつかなくて、くらくら視界が回る。

「聞こえてる？　唯智」

「き……こえて、ます」

「じゃあ言うよ。——ずーっと大事にしてあげるから、幸せになりたいなら、俺となろうよ」

りんごん、とベタな鐘の音が頭の中に響いて、唯智は木野内の背中に手を回した。すごく嬉しいのに、涙が出そうだった。

「幸せになるのは、先輩とが……涼祐さんとが、いいです」


ウエディングドレスの裾を持ち上げた手が震えて、唯智は目を伏せて浅い息を漏らした。木野内を受け入れる場所をたっぷり濡らされて慣らされたせいで、身体がだるくて重たい。

「唯智、無理しなくてもいいよ」

仰向けに寝た木野内が、手を伸ばして唯智の太腿を撫でた。木野内の腰をまたいで大きくひらいた脚は、撫でられるだけでも震えてしまう。それでも、唯智は首を横に振った。

「だって、騎乗位は初めてですから……好きという気持ちの証拠に、したいのです」

「頑固だなあ、唯智は。そういうところも可愛いね」

目を細めて微笑む木野内はすでに全裸だ。唯智は、半端にファスナーを下ろしたウエディングドレスをまだ身にまとっていた。脱げかけて胸は大きく露出していて、女性らしいドレスからいかにもな男の胸が見えるのはなんだか恥ずかしかった。でも、木野内が見たいと言ったのだ。「せっかく着てくれたから、お嫁さんとして俺とエッチする唯智が見たいな」と。

木野内は太腿から腰へと撫で上げると、片手を自分の性器に添えた。

「唯智、白いドレスよく似合ってるよ。顔が真っ赤で恥ずかしそう。目も潤んでて、すごくやらしくて、可愛い」

「……やらしいって、言わないでください」

「どうして？　俺のことが好きで身体が蕩けてる証拠だもん、恥ずかしくないよ。乳首もめいっぱいとがって、おいしそうな色」

「つ、だから、言わない、で……」

顔から火が出そうなほど恥ずかしくて涙声になったのに、木野内はやめなかった。

「俺の恋人になった唯智を、よーく見て可愛がって、甘やかしたいんだよ。裾下げないで、ペニス見えなくなっちゃうでしょ。もうおっきくなってるとこ、見せてお尻揺らしてみてよ」

「……っ、こ、うですか？」

恥ずかしくてたまらない。こういうときの涼祐さんは意地悪すぎます、と詰《なじ》りたいくらいだった。

それでも木野内に、甘い声で言われるとどうしても逆らえない。唯智はすっかり勃起してしまったそこを晒して、前後に腰を振った。ゆらゆら揺れる性器を、木野内はうっとりと見つめている。

「唯智の、色がすっごく可愛いよね。素直だし、健気だし。もういっぱい先走り出しちゃって……かわいそうだから、入れてあげなきゃね」

「あっ……」

ゆるっ、とお尻を撫でられ、唯智は小さく喘いでしまう。木野内は何度も尻の肉を揉んだ。

「お尻、支えててあげるから、そのままゆっくり落としてごらん？　孔に当ててるのは俺がやるから、焦らないで、ゆっくりね」

「わかり、ました……」

頷くと、ローションが孔からとろりと溢れてきた。いつもよりきついはずだから、と中にいっぱい流し込まれていて、下腹部は内側も外側もびしょびしょだ。ドレスの裾を持ち直し、ゆっくり腰を落とすと、下からぬるっと木野内のものがこすりつけられる。

「あ……は、ぁ……っ」

「びくってしたら入らないよ。もう一回当ててるから、唯智も上から、ぐって孔を押しつけて——そう、上手」

「んぅっ、あ、あっ、は、入るっ……」

木野内の手と声に促され、思いきって尻を下げると、ぬぷっ……と木野内の先端が埋まってきた。いつもより硬く、大きく感じるかたちに、思わず腰を上げて逃げそうになる。

そこを、木野内がぐいっと掴んで引き寄せた。

「逃げたらだめだよ、もっとずぶって入れたら楽になるから」

「つ、ひ、ぁあっ、あ、あ……ッ」

唯智は手をついて身体をくねらせる。下から肉の杭で串刺しにされる感覚は、痛みがなくても強烈だった。深いところまで侵入した木野内の分身は、硬く張りつめて唯智の内壁を拡張している。

「りょ……すけさん、の、いつもより、おおき、です……っ」

どくどくと脈打つようにおなかが熱くて、喘ぎながらそう言うと、木野内は艶っぽく微笑んだ。

「だって唯智と両思いでの初めてのセックスだもん。ね、俺が下から突いてあげるから、唯智はおっぱい弄ってごらん？　いっぱい気持ちよくなってみせて」

木野内はドレスの裾をたくし上げて胸元に挟み込み、唯智の下半身を完全に露出させると目を細めた。

「いい眺め。唯智ががばって脚ひらいて、エッチな顔して俺に乗ってるの」

「……っ、涼祐、さんだって、いやらしいこと、ばっかり言うくせに……っ」

「褒めてるんだよ。可愛くてたまらないから。恥ずかしがってるところもすごく可愛い」

甘やかな声を出されると、ぞくっ、と背筋が震えた。みっともない格好は耐えがたく、恥ずかしいのはいやでやめてほしいのに、やめて、と言えなくなる。木野内はそれがわかっているらしく、ねだるように訊いた。

「ねえ、恥ずかしい格好でセックスできるくらい、俺が好き？」

するっと太腿のつけ根を撫でて、木野内は下から突き上げる。ずぅん、と重たい痺れが脳天まで響き、唯智はひくひくと震えながら、自分の胸に手を這わせた。

「す、きです……」

痛いほどとがった乳首を両方つまみ、木野内がしてくれるように指先をてっぺんにあてがって捏ね回す。

「好き」

じんっ、と痺れる乳首や、木野内を受け入れて汁を零す性器、だらしなくひらいて閉じられない唇、赤く上気した顔、どれも木野内に見られるのは恥ずかしい。でも、恥ずかしくてもかまわなかった。いやだけれど、木野内が望むならかまわない。

「すき……ンッ、はぁっ、あっ、アッ」

消えそうな声で呟いた途端、ぐん、と奥が突き上げられて、唯智は仰け反るように身悶えた。木野内の律動にあわせて身体が弾み、結合部がぐちゅぐちゅと音をたてる。

「あう、あっ、あんまりした、らっ、アッ、ちから、抜けちゃ、あッ」

「だめだ、もっと見てたいのに、我慢できない」

唸るように低い声で言った木野内が、急に身体を起こした。はずみでごりりっ、と内側が刺激され、唯智は押し倒されながらきゅうっと身体を強張らせた。二人の身体のあいだで、唯智の性器から精液が勢いよく噴き出してくる。

「——っ、あ、ひ、あっ、あーっ……」

「ああ、達っちゃったね。ちょっと乱暴に動いちゃってごめんね？　痛くなかった？」

上から覆いかぶさり、片手で唯智の脚を掬い上げてぴったりと股間を密着させながら、木野内が目元を撫でてくる。

「涙、出てる」

「つ、いたく、な、……あっ、ふかいの、あっ、また、……ッ」

一番奥の壁にきつく木野内の先端が当たっている。なおも奥に入ろうとするようにぐいぐいと押し回されて、寒気のするような激しいあの快感がこみ上げてきた。

「まっ、またいっ、ちゃ、あっ、アッ、い、いっちゃ、ます……っ」

「中うねってる。女の子イキする？　潮吹きしちゃう？」

意地悪くかるく腰を引き、浅く抜き差しして木野内が見下ろした。唯智は寸前で放り出された感覚に震えながら首を振った。

「わ、かんな……ぜんぶ、落ちちゃ、う……っ」

硬い木野内を呑み込んだ場所だけ残して、溶けて消えていってしまいそうだった。疼いてたまらなくて怖いのに、激しく突かれてこのままなにもわからなくなりたいとも思う。身体の奥深く、唯智すら知らなかった秘密の場所を、木野内に明け渡してしまいたい。ぽっかりあいているそこを、いっぱいに埋め尽くしてほしい。

「もっと、奥までっ……もっとしてっ……行、かないで……っ」

「唯智」

はらはら涙が零れる目で見つめると、木野内がきゅっと唯智の手を握った。てのひらをあわせて指を絡め、いつもより暗く見える瞳でまっすぐに見下ろしてくる。

「大丈夫だよ。絶対ひとりぼっちにしないからね」

「――っ、は、あ、あぁっ……」

「もし離れ離れになっても、追いかけていくから、安心して。唯智の寂しいのは、俺が全部埋めてあげる」

みちみちっ、と楔を押し込みながら、木野内は甘い声で囁いた。

「唯智のこと、愛してるから」

「りょ、すけ、さ、ぁ、あーっ……あ、はぁっ、あ、アぁッ」

僕もです、と言いたかったのに、強く打ちつけられるとぱっと意識が飛び散った。ぐいぐいと奥ばかりを攻め立てられて、あられもない声が溢れ出る。

「ひっ……あ、は、あっ、ン、あぁっ、んっ、あ……っン……！」

「唯智、達きそうな顔してる。可愛い……俺の、可愛い唯智」

焼けつくような目で見下ろして、木野内は休みなく穿ってくる。最奥までこじ開けられて痙攣する肉襞から、ひたひたと大きな快感の予感がせり上がって、唯智は啜り泣いた。

「りょうす……け、さ……っ、好っ……すき……、あ、ッ、——っ！」

嬉しくて、怖いけれど満ち足りていた。ぴったり嵌まった木野内にかき回されて、蕩けて、苦しくて——気持ちがいい。

好き、ともう一度言おうとして、言えなかった。どくんと膨れ上がった悦楽に全身が呑み込まれる。唯智はつま先までつっぱらせ、歓びの頂点まで駆けのぼった。

一月半ばの金曜日、唯智はバー『ディンブラ』で木野内と並んで座っていた。カウンターではなく、臨時にテーブルをつけて大きくした席の真ん中で、みんなに囲まれている。

「結局リョウくんの粘り勝ちだよねー。最初っから好きだったんでしょ？」

シャンパングラスを片手に、テルが髭の生えた顔でにこにこする。

「僕たち巻き込まれてとんだ災難って思ってたけど、うまくいったなら手伝った甲斐があったね、みっくん」

「手伝ったっていっても、ほんのちょっとだけどね」

みっくんが苦笑してテルの肩に手を回し、唯智を見て眼鏡の奥の目を細めた。

「おめでとう、唯智くん。幸せそうでなによりだよ」

「あ……ありがとうございます……」

唯智の背中にも木野内の手が回っている。人前での接触は節度が……と呟きかけたら、今日はいいでしょ、と言われてしまって、逃げられなくなったのだ。

いろいろあったけど、無事つきあうことになりましたって報告しようよ、と木野内に言われたのは年が明けてからだった。唯智は大晦日に実家に戻り、絵里子とは婚約解消したことを両親に伝えて、かわりに、初めて心から大切だと思う人と今はつきあっていると報告してきた。もちろん、相手が誰かまでは打ち明けられなかったけれど、それでも唯智の中では大きな一歩だった。すっきりした気持ちだったから、木野内の提案につい頷いてしまったのだが。

「みなさんが涼祐さんの友人であり、僕がある意味ご迷惑をおかけしたことはわかっています。それに、みなさんのことは、今は僕も大事な知り合いだと思っています。でも、だからといって報告することに意味があるとは思えないんですけど」

酔わないようにシャンパンを少しだけ飲んで、横で嬉しそうにしている木野内を睨むと、木野内はくすくす笑って唯智の髪を撫でてくる。

「だって自慢したいし、お礼も言いたいし、ついでに牽制もしたいでしょ。唯智は俺の大事な恋人ですよって。結婚式のかわりだと思ってよ」

ちゅ、とこめかみにキスまでされて、唯智は赤くなった頬をこすった。涼祐さんに幸せそうにされると強く言えないのは困ったことです、と思う。

「くっつくべくしてくっついた、って気が俺はするけどねー。だってリョウくんめちゃくちゃ本気で落としにかかってたじゃん、最初から」

テーブルの向かい側で、ケンが二杯目のシャンパンをマスターに注いでもらいながら言った。

「来るもの拒まず、去るもの追わずってタイプだと思ってたのに、あんなに一生懸命なリョウくん初めて見たからさ。柄にもなく『うまくいくといいな』とか思っちゃったもんね俺まで」

「そりゃ、必死にもなりますよ」

木野内は澄ました顔でグラスを傾けた。

「なにしろ六年越しの片思いだもん。こんなチャンス二度とないと思ったからね。やれることはなんでもするつもりだったよ」

「そうだったんですか？」

「そうだよ」

びっくりして訊いた唯智に木野内は気恥ずかしげに笑った。「全然、かっこよくない感じで悪いけど」

「かっこよくない感じなんかではないですけど……」

むしろ、そんなふうに強く思われていたのだという事実が嬉しい。唯智がつらいなあとか寂しいなあと思っているあいだも、実際はひとりではなかったのだ。

「エッチとかセックスとかいちゃいちゃとか？」

ケンが混ぜ返して、木野内は余裕たっぷりに唯智を抱き寄せた。

「違うよ、そこはむしろ控えめにしてたもん」

「あ、あれで!?」

思わず声を上げてしまってから、唯智ははっと口を押さえた。テルもみっくんも、ケンもマスターも、揃って苦笑する。

「ほらー、リョウくん、唯智くんはこう言ってるけどー？」

「いやいや、ほんとに控えてたんですって。めちゃくちゃ我慢してたの。我慢しなかったら、あんなもんじゃないです。やれること全部やる、っていうのは、俺の場合は『極力我慢して、やりすぎない』だから。ほんとはデートだって毎日のお世話だって、百パーセントなんでもやってあげたいくらい好きなんだけど、唯智は慣れてないしさ。引かれたら困るから我慢してたの」

「そんな……」

唯智は困って俯いた。最初の日からの木野内にされたあれこれを思い返しても、到底控えめだったとは思えないけれど。

「我慢させて、すみませんでした。あの、だいぶ慣れてきたので、これからは僕が頑張りますね？」

恋人であるからには、木野内ばかりが譲るのは不公平だと思う。唯智がぎゅっと握りこぶしを作ると、木野内はなぜか微妙な顔になった。唯智は不思議に思って首をかしげる。

「涼祐さん？」

「なんてこと言うの唯智は、もう！」

おそるおそる声をかけた途端強く抱き寄せられて、唯智はどきりとした。

「ちょっ、涼祐さん、人前！　人前です！」

「だめ、今すぐキスして、この可愛くて危なっかしい可愛いちょっと天然な可愛い一生懸命で可愛い努力家で可愛い生き物は俺のですって宣言しとかないと」

「か、可愛いって言いすぎです涼祐さんは」

「唯智くんの発言も人前では不適切だったから、もういいよそれくらい」

慌てる唯智に向かって、テルが半眼で言った。うんうん、とみっくんもケンも、マスターまで頷く。

「いいよリョウ、キスして。見ててあげる。人前結婚式だと思うことにしたから」

「幸せそうすぎて見てるのがつらいくらいだけどもうやっちゃってよ」

「お二人とも幸せそうでなによりですよ」

「待って、待ってくださいってば――ん、ン……っ」

ほんとにするの、とうろたえた唯智の唇に、ぶつかるように木野内のそれが重ねられて、唯智は思わず目を閉じた。

薄くひらいた唇の隙間を舌で撫でられ、優しく唇を吸い上げられる。ぱちぱちぱち、と拍手がわき起こっていたたまれなかったが、木野内の指先がうなじから耳の裏あたりをそっとたどると、唯智はもういいか、という気分になった。

木野内はどうしてもキスがしたいみたいだったし。

それに、誰もいやがったり眉をひそめたりはしていなかった。これから仲のいい友人になれたらいいと願う人たちの前でなら、一回くらいは常識を忘れてキスをするのも、悪くないかもしれない。

勇気を出してほんの少しだけ、唯智からも木野内の唇に吸いついて、手を彼の首筋に回す。数回ついばんでやっと唇を離した木野内は、至近距離で唯智を見つめると、小さいけれどはっきりした声で言った。

「唯智が、好きだよ」

「――僕も、涼祐さんが、好きです」

人前で告白しあうのも常識的ではないけれど、それでも、唯智はたまらなく幸せだった。

あとがき

唯智が連れていってくれたデートで作った陶器は、一月の半ばに届いた。少し時間がかかりましたね、と言いつつ、食卓に並んだ茶碗を見た唯智は嬉しそうだった。

「足跡、可愛いですね」

「子供っぽくなるかと思ったけど、色が落ち着いてるからいい感じだよね」

木野内も幸せな気分で、お揃いの茶碗を手にしている唯智を見る。作ったときは一緒に使えるとは期待していなかったから、よけいに嬉しい。

ハンバーグとポテトサラダ、ごはんにお味噌汁という食事のあとは、カフェオレを淹れた。

「やっぱり今日はカフェオレでしょ。これ、使いたいもんね」

大学時代にごり押しして譲り受けた唯智作のカフェオレボウルと、十一月に作った新作を並べて置くと、唯智は複雑な顔をした。

「やっぱり、これはそんなにお揃いには見えませんね。色も違うし……」

たしかに、新作のほうも茶系には仕上げてもらったけれど、大学時代のものとは雰囲気が全然違う。木野内はどっちも好きだが、唯智は「お揃い」に見えないのが不満らしい。

「でもどっちも唯智が作ってくれたから、俺にはお揃いだよ」

可愛いなあ、と思いながら、木野内は唯智の髪に口づけた。

「好きなほう、使って」

「……じゃあ、新しいほうにします。古いほうは、涼祐さんがずっと使っててくれたものだから」

唯智はなぜだか恥ずかしそうに目元を赤くしてカフェオレボウルを手にする。両手で持って飲む仕草は、なんとなくハムスターみたいだった。

「……おいしいです」

「よかったけど、なんで恥ずかしそうなの？　可愛いなあ」

自分もカフェオレを飲みつつ木野内が笑うと、唯智はさらに赤くなった。だってとかそれはとか言いながら俯いた彼は、やがて決心したようにちらっと木野内を見上げてくる。

「あの……笑わないでくださいね？　このカフェオレボウル、作ったときは、将来涼祐さんの彼女か奥さんになる方が使うんだろうなって思っていたので、実際は僕が使うことになったんだなあって思ったら……なんというか、おつきあいしていますという実感が湧いてですね……」

「もう、なんでそう可愛いことしか言わないのかな唯智は！」

たまらなくなって、木野内は椅子の後ろから唯智を抱きしめた。

「お揃いじゃなくて残念だったなら、また今度作りに行こうよ。あと、カップルっぽく服もお揃いとかやってみる？　ペアルック」

「服はだめですよ……だって僕には、涼祐さんが着てるみたいなのは似合わないですし」

「そんなことないよ。今度着てみてよ。腕時計とか、アクセサリーがお揃いもいいねえ。唯智とお揃いにしてでかけるの、楽しそう」

「――涼祐さんが楽しいのでしたら、ちょっとくらいはいいですけど……」

抱きしめた木野内の腕に両手をかけて、唯智は恥ずかしそうに身じろいだ。ピンク色に染まった耳たぶが可愛くて、木野内はそこにもキスをする。

「お揃いかどうか気にするあたり、唯智も俺とのいちゃいちゃが板についてきたね？」

「そんな……まだまだ、慣れな……ん、……あ、」

首すじをちゅっと吸うと、唯智の呼吸はあっというまに乱れた。まだ火曜日です、と小さい声で言うけれど、逃げる気配はない。強引にされると流されてしまうところも、自分に心を許してくれているようで可愛くて嬉しい、と言ったら、唯智はきっと怒るだろうけれど、利用しない手はない。やっと両思いになった可愛い恋人が同じ部屋にいたら、毎晩いちゃいちゃしたって足りるはずがないのだ。

「唯智があんまり可愛いから、俺はエッチな気持ちになっちゃったけど、唯智はどう？やらしい気持ちもお揃いかな？」

「あっ、や、舐めないでくださいってば……。もう、わざと、やってますよね」

目をうるっとさせて唯智が振り返り、木野内はそうだよ、と唇をふさいでやった。

「隙あらばいちゃいちゃ、が俺の信条なの」

「そんな信条やめてくださ……ん、んん……っ」

文句を言いつつ、再度キスすれば唯智の身体からは諦めたように力が抜けた。これから二時間はベッドでいちゃいちゃタイムだ。終わったあとには甘いカフェオレを淹れ直そう、と思いながら、木野内は唯智を抱き上げた。

☆　☆　☆

ということで、プリズム文庫さんでは初めましてになります、葵居ゆゆと申します。私の十五冊目の本、お手に取っていただきありがとうございます。

遊び人だけど根は一途な先輩と、生真面目すぎて変人な受さんのカップリング、楽しんでいただければ幸いです。可愛い甘エロがお好きな方に、きゅんきゅんしつつ楽しんでもらえたらいいなと思いながら書きました。あとがきのページが多めだったので、最後ににんまりしていただけたらと思ってSSつけてみました。いかがでしたでしょうか……。

本書の刊行に当たっては、毎度のことながらたくさんの方にお世話になりました。担当様、校正者様、営業流通の皆様、ご指導やご協力ありがとうございました。イラストは、初めて宝井さき先生にお願いすることができ、本当に嬉しいです。可愛くて色っぽい宝井先生の絵で、カバーイラストから本文イラストまで魅力的に描いていただけて光栄でした。宝井先生、ありがとうございました。

お手に取ってくださった皆様にも、心よりお礼申し上げます。ブログでは、本書の番外の甘いＳＳを公開中です。本編お気に召していただけましたら、そちらもどうぞ読んでやってくださいませ。http://aoiyuyu.jugem.jp

ほんのひとときでも幸せな気持ちになってもらえたら本望です。またどこかでお会いできれば嬉しいです。おつきあいありがとうございました。

葵居ゆゆ

プリズム文庫／既刊本のお知らせ

ニャンと素敵な恋魔法

榛名　悠

イラスト／一夜人見

スランプ中の作家、篠森のもとに、ある日なぞの生き物がやってきた。黒い雨合羽のようなものを身につけ、背中にはミニチュアの箒を背負っている。どう見ても黒猫にしか見えない存在は、小説の続きを書いてほしいと篠森に訴える。そして、目の前で猫から人間へと姿を変え、腹をすかせた篠森のために食事の準備までしてくれた。自分は夢を見ているのだろうか……!?

魔王様とボクの危うい日常

若月京子

イラスト／こうじま奈月

魔界から魔王が姿を消して百年近い歳月が流れ、その間に不穏な気配が魔界を覆ってしまう。それを打開するためには、魔王に戻ってきてもらう必要がある。その説得役として選ばれたのは、羽化前の淫魔のアレンだ。魔王の張った結界内に入れるのは羽化前の魔族だけだからだ。重大な任務を与えられたアレンは、水鏡に映る魔王の姿にうっとりして……。

略奪花嫁と華麗なる求婚者

真宮藍璃

イラスト／史堂　櫂

実家の旅館を立て直すために働く樹生のもとを、かつてニューヨークのホテルでインターンをしていたときに知り合った三人が訪れた。名門貴族、小国の王子、実業家と、まったく住む世界が違う三人だが、樹生をとても可愛がってくれていた。そんな彼らとの再会を喜ぶ気持ちとは裏腹に、多額の借金のせいで身売りしなければならないという悲しみも抱えていて……。

初恋エクスタシー

釘宮つかさ

イラスト／こもとわか

大学を卒業後、病気のために就職できなかった綾人。病気が治り二十八歳になったいま、職探しをする日々を送っている。そんな彼に、世界的に有名なホテルチェーンの求人情報が紹介された。諦め交じりにだめ元で送った書類が通って、なんと日本支社長との面接を受けられることに！　しかし、その面接で恋人の有無を聞かれたうえに、全裸になることまで強要されて——!?

プリズム文庫／既刊本のお知らせ

無愛想な媚薬

西條六花

イラスト／依田沙江美

ある事情から広大な農地に囲まれた町に出向になった節は、都会暮らしの今までとはあまりにも違う環境に、引っ越し一日目にしてくじけそうになる。新しい人間関係に不安を抱きはじめたとき、社宅の母屋に人が住んでいるのに気づく。引っ越しの挨拶に母屋へ出向いた節の前に、風呂上がりで半裸の男が現れた。長身で筋肉質な男の身体から目が離せなくなり――。

先生とオレの危うい日常

若月京子

イラスト／こうじま奈月

高校三年生の司流のクラスに、臨時の担任がやってきた。日本人とイギリス人のハーフだというカイルは、長身に加えて素晴らしく派手な顔立ちの美形だ。クラス中が美形教師を手放しで歓迎しているなか、学級委員の司流は超俺様男のカイルに翻弄される役回りになってしまう。でも、どことなく父親に似た雰囲気を持つカイルに対し司流は警戒心を解いていき――。

砂漠の王と二人の求愛者

釘宮つかさ

イラスト／こもとわか

中東の小国の王になったばかりのアルは、巫女から告げられた「生涯を添い遂げるべき相手」との出会いまで一か月を切ったある日、サファイアブルーの双眸の美しい男に出会う。彼が気になるものの、側近のイザークは男に敵意を漲らせる。そのうえ、宮殿に戻ったアルの性器に手を伸ばし、自慰を手伝ってほしいと言えと強要する。アルに拒否権はなく――。

愛と叱咤があり余る

髙月まつり

イラスト／こうじま奈月

「お客様の愚痴を聞く」というなんとも変わった風俗店に勤める知尋は、自分の理想そのものの新規の客、聡太に一目惚れする。知尋にはいままで彼氏ができたことはなかった。童貞で処女なのだ。とはいえ、降って湧いた一世一代の狩猟のチャンスを逃すつもりはない。狩りに成功したら繁殖活動だ！　そう思うのとは裏腹に、聡太の前ではそっけない態度を崩さず――。

プリズム文庫をお買い上げいただきまして
ありがとうございました。
この本を読んでのご意見・ご感想を
お待ちしております!

【ファンレターのあて先】
〒153-0051 東京都目黒区上目黒1-18-6 NMビル
(株)オークラ出版 プリズム文庫編集部
『葵居ゆゆ先生』『宝井さき先生』係

はじめて男子の非常識な恋愛

2016年09月23日 初版発行

著　者　葵居ゆゆ
発行人　長嶋うつぎ
発　行　株式会社オークラ出版
〒153-0051 東京都目黒区上目黒1-18-6 NMビル
営　業　TEL:03-3792-2411 FAX:03-3793-7048
編　集　TEL:03-3793-8012 FAX:03-5722-7626
郵便振替　00170-7-581612(加入者名:オークランド)
印　刷　図書印刷株式会社

 ISBN978-4-7755-2592-0

原稿募集

プリズム文庫では、ボーイズラブ小説の投稿を募集しております。

優秀な作品をお書きになった方には担当編集がつき、デビューのお手伝いをさせていただきます！

応募資格

性別、年齢、プロ、アマ問わず。他社でデビューした方も大歓迎です。

募集内容

商業誌に未発表のオリジナル作品であれば、内容に制限はありません。

ただし、ボーイズラブ小説であることが前提です。エッチシーンのまったくない作品に関しましては、基本的に不可とさせていただきます。

枚数・書式

1ページを40字×16行として、100～120ページ程度。

原稿は縦書きでお願いします。手書き原稿は不可ですが、データでの投稿は受けつけております。

投稿作には、800字程度のあらすじをつけてください。

また、原稿とは別の用紙に以下の内容を明記のうえ、同封してください。
◇作品タイトル　◇総ページ数　◇ペンネーム
◇本名　◇住所　◇電話番号　◇年齢　◇職業
◇メールアドレス　◇投稿歴・受賞歴

注意事項

原稿の各ページに通し番号を入れてください。

原稿は返却いたしませんので、必要な方はコピーを取ってからのご応募をお願いします。

締め切り

締め切りは特に定めません。随時募集中です。

採用の方にのみ、原稿到着から３カ月以内に編集部よりご連絡させていただきます。

原稿送り先

【郵送の場合】〒153-0051　東京都目黒区上目黒1-18-6　NMビル３F
（株）オークラ出版「プリズム文庫」投稿係
【データ投稿の場合】ever@oakla.com